JN063699

マロン
ラルド
ミア
プラム
チョコ

サフィア

武器職人のスローライフ

ウチの看板娘は、
武器に宿った最強精霊です。

八茶橋らっく

ぶんか社

C O N T E N T S

プロローグ

俺ことラルドは、かつて冒険者を目指していた。

周囲の子供よりも強い憧れを持ち、それ以外はあり得ないという具合だった。

というのも俺が幼かった頃、冒険者に助けられたことがあるからだ。それが夢の発端《ほったん》となった。

故郷の街を襲った魔物の群れに家族も友人も奪われ、あわや魔物に食われる……という時だった。

すんでのところで偶然冒険者パーティーに救われ、俺は命を繋ぐことができたのだ。

それから名も知らぬ彼らを目標に、街の復興を手伝いながら己を鍛え上げてきた。

俺もいつか誰かを救うのだという、強い決意を胸にして……。

そして時は流れ、十五歳になった時。

神殿でスキルを授かる、成人の儀の日がやってきた。

そこで俺は、冒険に役立つ強力なスキルを授かることを望んだのだ。

……けれど。

「ラルドさん、あなたが天に住まわれる神々《かみがみ》から授けられたスキルは【武器職人《ぶきしょくにん》】になります」

「……えっ？」

現実は、あまりにも非情だった。

絶句していると、神官はもう一度「【武器職人】です」と告げる。

「【武器職人】って、後方支援どころか武器を作るだけで戦いもできない、あの【武器職人】スキルですか……!?」

俺が望んだのは、剣の腕が上がる【剣士】系スキルをはじめとした前衛系スキルだ。これまで剣などの近接武器の鍛錬を積んできたし、弓などの射撃武器よりも扱いが得意でもあったからだ。

もしくは【魔術師《まじゅつし》】や【錬金術師《れんきんじゅつし》】のような後方支援系スキルでもまだやりようがあると思っていた。他人を手伝ったり、支援することに抵抗はないし、自慢ではないがそれなりに器用な方だと自負しているからだ。

しかし【武器職人】となればそうはいかない。

【武器職人】スキルは文字通り、武器を作ることしかできない。身体能力は上がらないし、いくら強い武器を作ったって本人が鍛えなければ使いこなせない。

戦闘向きのスキルを授かった人たちと比べ、【武器職人】スキルの身では魔物を倒そうにも戦いにすらならないだろう。

何より、だ。

「授かるスキルって確か『それまでどんな生き方をしてきたか』に左右されるのでは……？　俺、鍛治《かじ》見習いすらやったことないのに……!?」

これは一体何事なのかと、思わず神官に詰め寄ってしまった。

すると神官は、重々しく首を横に振った。

「こればかりは、わたしにもどういうことなのか分かりかねます。確かに神々から授かるスキルは、その人の生き様によって振り分けられると言われています。わたしもラルドさんのように毎日鍛錬を行《おこな》っている若人《わこうど》ならば、確実に戦闘向きのスキルを授かると思っていました。けれど、これはかりはどうにも……」

「そ、そんな……」

一度授けられたスキルは、特殊な例を除いては一生変更することができないとされている。

その上、冒険者たちをまとめるギルドも無用な死人を出さないよう、前衛後衛を問わず戦闘向きとされるスキル持ちの人材しか加入を認めていない。

つまり……俺が冒険者になるという夢は、完全に潰《つい》えたのだ。

さらに悪いことに、【武器職人】スキルは需要が低い。

技術が上がれば俗に名剣と呼ばれるような武器も作り出せなくはない。だが、それはあくまで一般レベルでの話だ。

世の中には古代遺物……アーティファクトと呼ばれる物が多数存在する。

世界に数多く存在する古代遺跡、俗に言うダンジョン。誰が造ったのか、誰が管理しているのかも分からない不思議な力を持ったその建造物には数多《あまた》の魔物と危険が待ち受けているが、それ以上のお宝が眠っている。

そしてそのお宝の一種であるアーティファクトは、強大な魔力を秘めているのだ。

それらアーティファクトが武器として利用されれば、【武器職人】のスキルで生産した武器では難しい、強力なダメージを容易《たやす》く与えられるようになる。

そんな事情もあり今の時代、特に冒険者の主力装備はアーティファクトだとされている。スキルで生産された通常の武器は、駆け出し冒険者くらいしかまともに使うことはない。

加えてアーティファクトはその効果の有用性の割に数が大変多いのだ。値段は天地ほど差が激しいものの、低級のアーティファクトなら数多く出回っていることもあって、新米を卒業する程度の冒険者の稼ぎがあれば簡単に購入できる。

誰も、特殊な効果を持たない金属の塊……通常の武器など、欲しがりやしない。

つまるところ、【武器職人】スキルは持っていたところで非常に限られた需要しかない、いわば不遇スキルなのだ。

もっと悪い言い方をすれば、役立たずのハズレスキルと言い換えることもできる。

「どうして、こうなったんだ……」

十五年、必死に生きて夢を追い続けた果てがこれだ。

たった一つのスキルを授かっただけで、抱《いだ》き続けてきた人生の展望が一気に閉ざされてしまった。

これまでやってきた冒険者になるための鍛錬は、一体なんだったのか。

そして、こんなスキルに人間の人生が左右されてしまう世界とは……。

「……いや、愚痴っていても仕方ないか」

これからはこの、今ひとつ需要もない、持っていても使うかすら怪しいスキルと一生向き合っていかなければならないのだ。

冒険者になる夢は絶たれたが、人生が終わったわけではない。

こんな状況でも、何かないだろうかと必死に考えた。

だが、これまで冒険者になることだけを考えてきた俺に、今さらできることはそう多くない。

あるとすれば、【武器職人】として生きる道だけだが……果たしてやっていけるのか。

ともかく今は、途方に暮れるしかなかった。

一章　ブロンズソードの精霊

世の中で不遇スキルとされる【武器職人】を手にしてから、数年後。

この数年の間に色々とあったが、俺は現在……、

「ラルド兄さん。頼んでおいたブロンズソード、仕上がってるー？」

「はいよ、出すからちょっと待ってて」

……あの頃では想像もつかなかった、武器屋の店主になっていた。

依頼者である冒険者の少女、ミアに合わせて製作したオーダーメイド品のブロンズソードを見つめながら、思わず苦笑した。

「まさか本当に【武器職人】になるなんて、世の中どう転ぶか分からないもんだよなぁ」

呟くと、数年前の記憶が脳裏に蘇《よみがえ》った。


当時、冒険者の夢を絶たれて絶望していた俺の元に、一人の少女が現れたのだ。

それが今、目の前にいるミアだ。

淡い青髪と澄んだ綺麗《きれい》な瞳を持った少女は、自分は新米の冒険者で、自分に合った武器を作ってくれる【武器職人】スキル持ちの人を探していたと言った。

その風体《ふうてい》が、いいとこ活発な町娘といった彼女のことを、当初は「本当に冒険者なのか？」と

疑った。

だが、ミアがあまりにもしつこかったので、俺はとうとう折れた。

そもそも手持ち無沙汰《ぶさた》だったのもあって、どうにでもなれとスキルを起動し、ミアにぴったりなブロンズソードを試しに拵《こしら》えてやった。

彼女は喜び勇んでブロンズソードを手に冒険に出かけ、そして見事に成果を挙げて帰ってきた。

それからちょくちょく、ブロンズソードを作ってほしいとせがんでくるようになったのだ。


今思い返すと、少しだけ懐かしく思える。

ブロンズソードを渡すと、ミアはそれを眺めながら言った。

「やっぱりラルド兄さんの作るブロンズソードが一番いいね、手に馴染《なじ》む し振りやすい。下手なアーティファクトより全然いい感じ」

この通り、当時からミアは俺の作るブロンズソードを大絶賛してくれていた。

【武器職人】としてしばらく頑張ってみようと思い至り、紆余曲折《うよきょくせつ》を経《へ》た結果。

そこそこの稼ぎを得て自宅の一部を改装して店を開けたのも、全てはミアが背中を押してくれていたおかげだった。

未《いま》だに冒険者として華々《はなばな》しく活躍する彼女たちを見ると、未練を感じないでもないが……。

「……まぁ、こうやって冒険者たちの支えになっているなら悪くないか」

俺の作った剣が昔の自分のような幼い子供を救うことにも繋がるのなら、それでもいいかと思えるくらいには立ち直っていた。

不遇スキルを掴まされた時はどうなるかと思ったが、人生意外となんとかなるものだ。

「しかしミア、お前はもうB級冒険者だろ？　駆け出しからはとっくに程遠いのに、こんなブロンズソードばっか使ってていいのか？」

B級というのは、冒険者ギルドが定めた冒険者の等級だ。最下級のFから最上のSまであり、それを見ればこれまでの実績や実力を大まかに推し量ることができる。

その中でもB級といえば、中堅どころの上位にして、ベテランの一歩手前と言えるほどの地位だ。

それこそブロンズソードではなく、冒険の中で手にしたアーティファクトを固有武装にしていてもいいと思うのだが。

ミアは首を横に振って否定した。

「ううん、あたしはこれがいいの。ラルド兄さんのブロンズソードは頑丈だし、あたしに合った長さだから扱いやすい。何より……あたしのスキル、知っているでしょ？」

「ああ、【抗魔力《こうまりょく》】だったよな」

ミアの持つ【抗魔力】スキルは、魔力を保持する魔物の攻撃から一定までの魔術やスキルを無効化する、戦闘向きな防御スキルだ。

厄介な攻撃手段を持つ相手にはうってつけの能力で、実際そのスキルが目当てで彼女に声を掛ける冒険者もいると聞く。

「あたしのスキルは、敵の攻撃だけじゃなくて自分の持ち物にも反映されちゃうの」

ミアのその一言で「ああ、なるほど」と納得した。

アーティファクトはそれ自体が魔力を持った武器だ。手に持つだけで使い手に様々な効果をもたらすことが多い。ところが【抗魔力】スキルがアーティファクトの魔力をカットしてしまい、効果を阻害してしまうのだ。

つまるところ、彼女が俺にブロンズソードを作らせるのには、のっぴきならない事情があったのだ。

「……それで普通のブロンズソードってわけか。仕方ないとはいえ、事情を知らないと中々謙虚《けんきょ》なB級冒険者に見えるかもな」

けけけ、と笑って茶化《ちゃか》すとミアは子供っぽく頬を膨らませた。

「もう、茶化さないの！　それに仕方なくじゃないし、普通のでも駄目なの。ラルド兄さんの作ったブロンズソードじゃなきゃいけないもん」

「嬉しいこと言ってくれるな。まぁ、また来てくれよ」

「うん。また依頼終わりに絶対来るから！　今度はパーティーの皆も連れて。それじゃっ！」

ミアは店のカウンターにお代を置いて、元気よく駆け出していった。

その後ろ姿を見送った俺は、伸びを一つしてから通常の営業に戻った。

それからしばらくして、客が引いてきた頃。商品と材料の整理をしていたら、不意に店の扉が開いた。

「いらっしゃいませー……ん？」

「けっ、ブロンズソードにシルバージャベリン、それに革の防具ばっかか。いつ来ても辛気臭《しんき》い店だな。見栄えも考えて、買い取ったアーティファクトの一つくらい置いておいたらどうだ？」

粗暴な物言いと共にズカズカと入ってきたのは、大柄な男だった。

くすんだ赤毛を短く刈っていて、細い瞼《まぶた》から覗《のぞ》く小さな瞳やずんぐりとしたガタイの良さから、まるで熊のような印象を受ける。

彼は名をマイングといい、ミアと同じB級冒険者だった。

正直、また来たのかとため息をつきたくなる思いだった。

マイングは何を考えてか、定期的にこの店にやってくる。

しかも決まって悪態をつきながら。

冷やかし程度ならまだしも、いちいち応対するのも面倒なので、来てくれない方がずっといいのだが。

「すみませんね。ここは新米冒険者に向けた品揃えにしているので、マイングさんほどの冒険者が扱う物は置いてないんですよ。そうだ、なんならマイングさんも、初心を思い出すって意味でいくつかブロンズソードを買っていかれてはいかがです？」

営業スマイルで皮肉を込めてそう言ってみると、マイングはケッと舌打ちした。

それから睨《にら》みを利《き》かせ、彼は言った。

「単刀直入に聞くが……お前、ミアに何をしてやがる」

「えっ？」

何故《なぜ》ここでミアの名前が出てくるのか。

一瞬、どういうことか分からず答えに詰まっていると、マイングはさらに凄《すご》んできた。

「とぼけんな。B級のミアの愛剣がこんな小せぇ店のブロンズソードなんて冗談、流石《さすが》に笑い流せねーよ。あいつとは同じギルドの仲間なんでな。……で、実際はどうなんだ？　ミアを脅して、売り上げがないから定期的に買い取らせでもしてんじゃねぇのか？」

「い、いやいや。脅しも何も、ミアが好んで買ってくれているだけで……」

事実無根の噂《うわさ》話を流されても困るのできちんと否定したのだが、聞き入れてくれた様子はない。

マイングは遂に、俺の襟首を掴んでぐいっと片手で体を持ち上げた。

「いい加減、吐いたらどうだ？　この【武器職人】風情《ふぜい》がよ。お前が口を割らねぇってんなら、体に聞いてやろうか？」

どうやら、話を聞く気は最初からなかったらしい。

それに定期的に店に顔を出していたのは、ミアが心配だったからか。

マイングとミアがどんな関係なのかは後で聞くとしても、ひとまずここは誤解を解かなければ。

そう焦った刹那《せつな》、視界の端で何かがきらりと輝いた。

「……ん？」

首を向けた時にはもう、棚に置いてあったはずのブロンズソードがすっ飛んできて、その柄尻がマイングの脳天に鋭く直撃しているところだった。

「が、アァ……!?」

呻いたマイングは俺を離し、白目を剥いて昏倒《こんとう》した。

いくらB級冒険者でも、殺気《さっき》もなく飛んできたブロンズソードには対応できなかったようで。

カラン、と音を立てて落ちたブロンズソードを見て、不思議に思い店内を見回した。

「お、おいおい、誰かいるのか……!?」

けれど店の中はしんと静まっていて、俺とマイング以外、誰かがいる気配もない。

それなら何故ブロンズソードが飛んできたのかと思いながら、首をひねった。

「……ひとまず、幽霊か精霊辺りのいたずらとでも思っておくのが妥当か……?」

幽霊も精霊も、子供のイタズラを嗜《たしな》めるのによく使われるオカルトな存在だ。

けれど、こんな不思議なことは他に考えようもなかった。

気を取り直し、ひとまず伸びているマイングの体を裏に隠した。

……なお、気絶したマイングはその日の晩にやってきたミアとその仲間たちに引きずられ、慌ただしく冒険者ギルドへと連行されていった。

「ごめんラルド兄さん！　この馬鹿にはあたしからちゃんと言っておくから！」

そんなふうにミアの謝罪を受けた俺は、後になって彼女とマイングの関係を聞きそびれていたと気がついた。

「……まあ、また今度聞いてみればいいか」

別に急いで知る必要もないし、そのうち機会があったら聞いてみよう。

それから、閉店時間となった後。

店は閉めたが、しかし店先でお客の対応をするだけが仕事ではない。

接客が終わったら空いた時間で売り物を作らなければならない。

俺は売り場の裏にある作業場に入って明かりをつけ、依頼書を見ていた。

「ふんふん。次はジークくんとタリーさんのブロンズソードか。小盾は……納品までまだ猶予《ゆうよ》があるし、まだいいか」

この店で売る武器はどれも、棚売り分を除いては基本的にオーダーメイド品だ。

手間はかかるが、使う人のことを考えるとこれが最善のやり方だ。

十五歳になったばかりの新米冒険者の中には体が成長しきっていない者も多い。さらに男女の差もある。

棚売りの品は安価だが、全て一定の規格で作られているため、ブロンズソード一つ取っても合わないという人はいる。たとえば、駆け出しの頃のミアのようにだ。

体に合わない装備を無理に使えば戦いづらいし、怪我《けが》の原因にもなってしまう。

だからこそ、あらかじめ依頼者の体を採寸して細かな部分まで把握し、その人に合った一品を作っているという寸法だ。

それにそうやって専用の武器や防具を作ってやると、皆喜んでくれる。

『その人に合った武器を作る』というのが、初めてミアに武器を作ってやった時から変わらない俺のスタンスでもある。

自分だけの使いやすい武器というのは、特に駆け出しの冒険者にとっては、不安を取り除く材料となるらしい。

だからこそ、俺は常に手を抜かない丁寧《ていねい》な仕事を心がけていた。

そんな姿勢が好評を呼んだのか自然とリピーターも増え、口伝えで「新米にオススメなのはラルドの武器屋だ」という評判を広めてくれるようになった。

おかげで客足も安定し、今は生活に不自由しない程度の稼ぎを生み出せている。

彼らに武器を渡した時、そしてその武器を使い活躍したという話を聞く時、俺もまた心が満たされる思いになる。

「……さて、始めるか。【武器職人】スキル、起動！」

鍛錬も兼ねて毎日欠かさず使用しているスキルを起動すると、空中に『ウィンドウ』と呼ばれる半透明な板のようなものが現れた。

これは基本的に【武器職人】スキル持ちにしか見えない、スキルの恩恵《おんけい》と言えるものだ。

ウィンドウには武器種ごとの必要素材やその量、大きさ、耐久値などなど、様々な情報を表示する欄があった。

最初はここまで細かではなかったが、スキルを使い続けているうちにいつの間にか増えていった。

これが俗に言う、レベルアップというやつなのかもしれない。

もっとレベルが上がれば、さらに高い性能の武器を作り出せるかもしれない。なのでこうして毎日、スキルを使って武器の精製を行っている。

「採寸したジークくんやタリーさんの情報を入れてっと……」

いつも通りに依頼者の身体情報をウィンドウに入力し、最適な武器のステータスを確認する。

それから【武器職人】スキルの力で目の前に現れた特殊な炉の中にブロンズソードの素材を入れ、諸々《もろもろ》の作業を進めたところで……。

ふと、ウィンドウから軽い音が鳴った気がした。

「ん、なんだなんだ？」

スキルの力で素早く生成されたブロンズソードを炉の中から取り出しながら、ウィンドウを確認してみる。

見ると、ウィンドウには見慣れない文字が浮かんでいた。

「……スキル進化？」

ウィンドウにデカデカと表示されていたのは、そんな文字だった。こんなの見たことないな……と思いつつ触れてみると、ウィンドウが輝きだした。

「うわっ⁉」

強い光に反射的に目を瞑《つむ》るが、それはすぐに収まった。

恐る恐る目を開けてウィンドウを見ると……そこには。

「【精霊剣職人《せいれいけん》】……？　なんだこれ」

ウィンドウに表示されているスキル名。先ほどまでは【武器職人】だったそれが、今は【精霊剣職人】に変わっている。

「スキル進化って文字もあったし、そのまんま【武器職人】スキルが進化したとか……？　でもスキルの進化って……」

そんな話、聞いたこともない。

一度授かったスキルは不変なのが普通だ。もし同じスキルを使い続けてレベルアップしても、そのスキルが持つ元の力が強大になる程度の変化だと聞く。

けれど現に、スキルの名前が変わっている。【精霊剣職人】ということは、言葉通りに【精霊剣】なる物が作れるのだろうか。

――でも、【精霊剣】ってなんだろうか？

「剣を一本作ってみれば分かる話か……？」

ひとまずいつも通りに炉に素材を入れ、ブロンズソードを一本拵えてみた。

すると……。

「わっ……やった！　作ってもらえましたー！」

……なんだか、女の子の声みたいな幻聴が聞こえた。

周囲を見回すも、誰の姿も見当たらない。……昼間のマイングの件といい、この店、何か良くないものが棲《す》み着いてるんじゃないだろうな？

「いやいや、そんな馬鹿な。しかし幻聴まで聞こえるなんて……。最近夜遅くまで仕事しているし、疲れてるのかな……？」

「幻聴ではありませんよ、ご主人さま？」

「……はい？」

今、手元から声がしなかった？

——俺、本当に耳とか頭がおかしくなったのか？

訝《いぶか》りつつ、ブロンズソードに視線を落とした時だった。

「その表情、状況が呑み込めていないようですね……でしたらっ！」

またも可愛《かわい》らしい声が響く。

次の瞬間、ブロンズソードが輝き、俺の手元を離れて浮いた。

それから一瞬光ると、くりっとした瞳と栗色の髪をした少女が目の前に現れていた。

「な……！」

絶句していると、少女はぺこりと可愛らしく頭を下げて言った。

「初めまして、ご主人さま。わたしはブロンズソードの化身《けしん》、人間たちの言うところの精霊です。わたしのことは、そのままブロンズソードと呼んでいただいても……あらっ？」

「な、な、な……なんじゃこりゃあああああぁぁぁぁぁぁぁ!?」

自分の作った剣が、可愛い女の子になって喋り出した。

——変身して喋る剣って、アーティファクトでさえ聞いたことないぞ!?

一体自分が作った剣に、何が起こってしまったのか。

想像を遥かに超えた超現象を前に、しばし唖然《あぜん》としていた。

いきなり現れた少女から話を聞き、俺は混乱していた。

けれど少女の話を要約できる程度には、落ち着いていた。

「えーっと、今までの話を総合するとだ。つまり君はブロンズソードの『意識』や『概念』が形になった精霊であり、ブロンズソードそのものだ、と……」

「はい。正確には人間たちが生み出し定義した、ブロンズソードという武器種そのものの精霊です。一本一本に宿っているものではなく、ブロンズソード全体の象徴だと思ってください。……ご理解いただけましたか？」

恐る恐るといった様子で、自称ブロンズソードな精霊少女は聞いてきた。

……なるほど。

超現象すぎて、さっぱり理解が追いつかない。

まず、精霊がこんな形で存在していることも知らなかったし、それが武器の概念として現れるなど誰が予想できるのか。

そもそも精霊といえば、古びた大樹や秘境の湖などに棲み着いているイメージがあった。

だから精霊が武器に宿るという時点で、想像を遥かに超えていたのだ。

それにこの子、手の甲に光るアザのようなものが浮かんでいる以外、どこからどう見ても人間の少女なのだが……目の前で起こった現象は紛れもない現実だ。

「……まあ、君がブロンズソードの精霊っていうのはひとまず信じるよ」

「信じていただけるのですか！」

身を乗り出す少女に、頷きを返した。

「だってさっきマイングを気絶させたのは、君って話だったからさ」

「ええ、それも先ほどお話しした通りです。ご主人さまに仇《あだ》なす愚か者には天誅《てんちゅう》を、です！」

少女はえっへん！　とそこそこある胸を張った。

おぉ……意外とアグレッシブだぞこのブロンズソード。本当に新米向けの武器の精霊なのか。

ちなみに聞くところによれば、まだ顕現《けんげん》していないにもかかわらずマイングを気絶させられたのは、スキルが【武器職人】から【精霊剣職人】に進化する直前だったからこそできたとか。

独りでに浮いたり飛んだりと、どういう原理かは精霊のみぞ知るって感じだが。

「それで肝心なのは、どうして俺のスキルが進化して君が現れたかって話なんだけど……」

「ええ、その説明も今からします」

精霊少女はこほんと咳払いを一つして、話し出した。

その内容を要約すると、こうだ。

まず前提として、安価で稼ぎになりにくいブロンズソードをここまで長く作り続けた【武器職人】は俺が初めてだったようで。

普通、ブロンズソードは【武器職人】の中でも駆け出しの者が扱う物であり、それを何年も突き詰めようとする者はいない。

加えてブロンズソード一本一本から得られる経験値は非常に低く、通常であれば、ブロンズソードを作り続けたところでスキルのレベルも中々上がらない。

だが、俺はその雀の涙程度の経験値を積み続け、レベルを限界まで上げた稀有《けう》な例外だったようだ。加えてブロンズソードの生成に関する経験値も、同時に限界まで向上させていた。

その結果、普通の人間なら辿り着かないスキルの進化を果たした……という顛末《てんまつ》だとか。

「確かに、修行も兼ねて新米冒険者のために毎日ブロンズソードを作っていたけど、まさかそれでスキルが進化するとは……」

精霊少女の説明を聞いて、思わず唸った。

ブロンズソード、案外侮れないな。

「でもご主人さま、毎日わたし……ブロンズソードを作っていた成果か、最近ではスキルで生み出した炉に素材を放り込むだけで高速生成できるじゃないですか。そこについては、不思議に思っていなかったんですか？」

「んっ、もしかして普通は違うのか？」

周りに同じ【武器職人】スキル持ちもいなかったし、スキルに対する知識は全て冒険者たちから聞きかじったものばかりなので、実は他の【武器職人】についてはあまり明るくない。

それに、確かにスキルを使い始めた頃は出てきた情報通りに鍛造していたものの、いつからかそれらを省略できることに気付いたのだ。

スキルに慣れればそれが普通なんだと思っていたが……。

その辺りの話をすると、少女は少し呆れた様子になった。

「……ご主人さま。普通の【武器職人】スキル持ちの人は、ちゃんと鍛治の要領でブロンズソードを生成します。ご主人さまだって、最初はそうだったでしょう？」

ジト目で見つめてきた少女に、俺は苦笑して返事をした。

「ああ、言われてみれば……そうか。いつの間にかウィンドウが増えてたりして不思議だったけど、あれもレベルアップの成果だったのか」

「その通りです。そしてそれが、スキル進化にも繋がっていったのです」

「なるほどな。それと俺のスキルが【精霊剣職人】になった今、他の武器にも精霊が宿ったりするのか？」

尋ねると、精霊少女は「う～ん」と小さな顎に手を当てて考え出した。

「どうなんでしょう……。わたしも精霊の一体に過ぎないので、作り手側の事情には詳しくないのですが……武器種によるかと。多分、ご主人さまのお店に置かれているような武器なら【精霊剣】にできますよ？」

「【精霊剣】？　それって文字通り、君みたいな精霊が宿っている武器って解釈で合ってる？」

「はい、その通りです。わたしが【精霊剣】ブロンズソードであるように、たとえばブラッククロスボウを【精霊剣職人】のスキルで作ればわたしのような精霊が宿り、【精霊剣】ブラッククロスボウになるはずです」

【精霊剣】って言うからにはブロンズソードのように剣限定なのかと思っていたが、剣以外の武器でも【精霊剣】と呼ぶのか。

少しばかりややこしい気もするものの……それはさておき。

「……俺の作る武器に意思や精霊が宿るってなると、これから売りづらいな……」

そう、目の前の精霊は意思を持っている。しかも少女の姿に変身できる。

なのでこの先作る武器がこうして精霊になってしまうとすれば、ある意味、人身売買のようなものにもなりかねないが……。

「大丈夫ですよ。スキルが進化しても、【武器職人】スキルの機能が失われたわけではありません。ご主人さまは通常の武器を作ることもできます。ですので、わたしたち精霊が宿る【精霊剣】をご主人さまの所有物にして、普通の武器と扱いを分けてくれればいいのです」

「一応作り分けはできるんだな」

それを聞けて安心した。

可愛い少女に変わるついでに喋る武器なんて、使う側も困ってしまうだろうし。それに「あそこの店は女の子を売ってる」なんて評判が立ったら大変だ。

それと不安が解消したところで、はっきりさせておかなければならないことがある。

「……で、君のこれからの扱いなんだけど……」

まさかこのまま意識のない武器に戻ってもらうわけにもいかないだろうし、どうするべきか。

もし仮に出て行くと言われたとしても、このまま外に出していいのかも悩ましい。

少し考えた後、少女はこう提案してきた。

「もしよろしければ、わたしにお店をお手伝いさせていただけませんか？」

「君が、店の手伝いを？」

「ええ。単なるブロンズソードの『意識』だった頃からご主人さまを見てきましたが、ご主人さまもお忙しそうだったので」

彼女の提案は魅力的だ。俺一人で接客も製作も請け負うとなると、どうしても一日で捌《さば》ける量は限られてくる。

素材も調達しなければならないし、その間はどうしても店を閉めなければならない。

彼女に業務の一部を任せられれば、もっと効率よく営業したり、武器を待つ人に手渡せるようになるはずだ。

そう考え、ここは彼女の提案に乗ることにした。

「分かった、そう言ってもらえると助かるよ」

やる気満々といった様子の精霊少女に、俺は安心する思いで微笑《ほほえ》みかけた。

「それじゃあ、これからよろしく。えーと、ちなみに君はブロンズソードの象徴って話だったけど……」

ブロンズソードの精霊だからといって、そのまま人前でも「ブロンズソード」とは呼べない。

そんなところ見られでもしたら、他人を武器種名で呼ぶ人でなしになってしまう。

名前が必要になるが、犬猫みたいに適当に付けるのもはばかられる。

呼び方をあれこれ思い浮かべていると、精霊少女は「あ、呼び名でしたら」と閃いた様子で、

「ブロンズソードと呼びにくければ、わたしのことは……ありきたりですが、マロンとでもお呼びください。ちょうど髪の毛も栗色ですから」

案外、簡単に呼び名を決めてしまった。仮の呼び名なのでその辺りはこだわりがないのかもしれないが、本人がそれでいいと言うなら問題ない。

「マロンか、了解したよ。それならマロン、これからよろしく」

「はい。ご主人様に作られた剣であるこの身、疲労破壊する勢いでお仕えしますとも！」

「壊れるのは困るなぁ……」

そう苦笑いして談笑しているうちに、夜は更けていった。

こうして俺は、【精霊剣】のマロンと共に、新たな日常を始めることとなったのであった。

＊＊＊

マロンが現れた翌日。

またも店の中が騒がしくなっていた。

「おい、てめぇ！　昨日はよくも俺に恥かかせやがったな……！」

「またか……」

今度こそため息をついて、俺は店にやってきたマイングを見た。

マイングはこめかみに青筋を浮かべ、ずかずかとカウンターの方へとやってくる。乱暴にカウンターを叩き、掴みかかってくる勢いだ。

「てめぇのおかげで昨日の晩はミアに怒られるわ、ギルドマスターに減俸《げんぽう》を言い渡されるわ、ギルドの連中に笑われるわ……散々だったぞオイ！」

「勝手に突っかかってきたのはそちらでしょう。それで今日は、俺にお礼参りですか？」

呆れつつ尋ねると、マイングはにやりと口角を上げた。

「おう、話が早くて助かる。やっぱ冒険者にもメンツってもんがあってな。そいつを潰されちゃあ、B級冒険者の俺といえどもこの先やっていきにくいのさ」

……なるほど。

大方冒険者ギルドでは「ハズレスキルである【武器職人】持ちにマイングが敗れた」と噂になっているのだろう。

それで肩身の狭い思いをしているというわけだ。

その鬱憤《うっぷん》を晴らすため、こうして出向いてきたと。

「だったら俺が今から冒険者ギルドに行って、皆さんに説明してきましょうか？　実際には、マイングさんが俺に負けたわけではないって……」

「ええ、その通りです！　このおじさんはわたしがやっつけたのですからっ！」

「……」

丸く収めようとした瞬間、俺とマイングの間にマロンが入り込んでとんでもないことを口走り出した。

思わず、頭を抱えたくなった。

マイングの圧力はよりいっそう強くなり、こめかみには青筋が増えていく。

「おう……おうおうおう、そういうことか！　てめぇら昨日はグルになって、俺を気絶させやがったのか！　なんて卑怯な連中だ、この場で叩き斬ってやるッ！」

「ちょっ、待っ……⁉」

マイングは背から大剣を引き抜いて突きつけてきた。

――まさかこのまま、店の中で暴れるつもりか⁉

「俺のスキルは【大剣術】だ。どんなに重い剣でも短剣みたくブン回せる！　こいつでお前らまとめて、真っ二つにしてやる‼」

「おいおい、流石にそこまでやるか⁉」

頭に血が上ったマイングには、俺の制止など届かなかった。

こちらめがけて大剣を振り上げ、真っ二つにしようと振り下ろしてきた。

あわや大惨事になる寸前、

「ご主人さま、わたしで受けてください！」

間に入っていたマロンがブロンズソードの姿に戻り、俺の手の中に収まった。

「ええい、なるようになれっ！」

両腕を上げて、叩き込まれた大剣をマロンで防いだ。

しかしブロンズソードであるマロンの剣身は、マイングの大剣に比べてあまりに細い。

このままでは折れてしまうのでは、と思ったが……。

「な、なにぃ⁉」

マイングの驚愕の声が店内にこだまする。

マロンは難なく大剣を受け、俺も倒れることなく持ちこたえられた。俺とマイングの体格差は数回りもあり、マイングは筋骨隆々の大男であるにもかかわらず、体はかしぐことさえなかった。

どうしてこんなことが起こったのかと目を白黒させていると、ブロンズソードの姿のまま、マロンが言った。

「ご主人さま、わたしは【精霊剣】ですよ？　見た目こそブロンズソードですが、その本質は……アーティファクトの【聖剣】にも劣らないと自負しています！」

マロンが剣身から魔力を放った途端、マイングがその衝撃で大剣ごと後方に吹っ飛んだ。

派手な音を立てて転がるマイングに、唖然とさせられた。

不思議なほど体が軽い、これもマロンがやっているのか。

「わたしの魔力をご主人さまに流し込んでいます。魔力で身体強化された今のご主人さまなら、きっと勝てます！」

「……よし、だったらあいつを追い出すぞ！」

「てめぇら……舐めやがってぇぇぇぇぇぇぇ！」

逆上したマイングが立ち上がり、大剣を構えて迫る。しかしこちらも受けに回るのではなく、前へと出た。

――店主として、店で暴れている迷惑な客にはお帰り願うのも仕事のうちだ！

「マロン！」

「合わせます！」

マロンを振って大剣に接触した直後、マロンの剣身が爆発的な光を帯びた。その鋭い光からは、強大な魔物をも消し飛ばしてしまいそうなほどの魔力を感じた。

マイングが渾身《こんしん》の力で振り下ろす大剣が、徐々に押し返されていく。

「なっ、馬鹿な!?　こんな魔力、本当に【聖剣】並みじゃ……!?」

驚愕《きょうがく》を顔に張り付けたマイングに、マロンは答えた。

「何を言いますか、アーティファクトの【聖剣】も元を正せば太古の【精霊剣】。すなわちこのわたしも、現代における【聖剣】と言えましょう！　……理不尽にもご主人さまに斬りかかったその不敬、店の外で悔いなさい！」

マロンの力で強化された一閃は、大剣を真っ二つにしてマイングを吹っ飛ばし、開けっ放しだった店の扉から外に叩き出した。

少しやりすぎたかと思ったが、マイングはしばらく悶えた後、折れた大剣を抱え込んだまま気絶してしまった。

「凄い、これが【精霊剣】の力なのか……！」

まさか【武器職人】の俺が、B級冒険者をここまで一方的に圧倒できるとは。

「……マロン。もしかして【精霊剣】が現代における【聖剣】って話、本当なのか？」

「ええ、概《おおむ》ね事実です。ブロンズソードの『意識』だった頃から、【聖剣】も元は精霊だったと感じていましたから。種類は違えど同じ精霊の宿った剣なのですから、【精霊剣】も【聖剣】もほぼ同等のものであると言えるでしょう。とはいえ……太古に作られた【聖剣】の大半は精霊としての意識も薄れて劣化もしているので、わたしの方が多少強力かもしれませんが」

「そうなのか……⁉」

思わず、上ずった声を上げてしまった。

まさかここまでとは、ブロンズソード……いや、マロンは本当に常識外れの力を秘めていた。

実戦経験なんてない俺が、B級のマイングにも引けを取らない身体能力を発揮していた。

それどころか、部分的には完全に上回っていたようにも思える。

——今なら、冒険者にだって、もしかしたらなれるかもしれない。

ふと、そんな考えが思い浮かんだ。

【武器職人】スキルが戦闘に向かないことは知られているが、マロンと共に戦えることを改めて証明しさえすれば、あるいは……。

「ご主人さま？」

考え込んでいると、精霊の姿に戻ったマロンが心配そうに覗き込んできていた。

軽く頭を振って、不意に芽生えた考えを追い出した。

「いや、なんでもないよ」

微笑みかけ、マロンを安心させる。

今の俺は【武器職人】で、俺の武器を待っているお客さんもそれなりにいる。何より【武器職人】として店でゆったり暮らしているのも、意外と性《しょう》に合っていた。現にここ数年の【武器職人】

としての平穏《へいおん》な生活は、悪くないと思えている。

そうでなければ毎日ブロンズソードを作る生活は続けられない。

なんにせよ今の俺は【武器職人】なのだから、この生活を続けられればそれで構わないのだ。

そんなことを思いつつも……とりあえず、今は。

「吹っ飛ばしたあの人、どうするかな……」


マイングを撃退した後。

騒ぎを聞きつけてきた街の衛兵たちによってマイングは連れていかれ、その場はひとまず収まった。

「ごめんラルド兄さん、うちのギルドの馬鹿が一度ならず二度までも……！」

そう言いつつガバッと頭を下げてきたのは、誰あろうミアだった。

マイングの話を聞いて、翌日、朝早くからすっ飛んできたのだ。

「いいよ、済んだ話だし。そもそもミアが謝ることでもないだろう？　何よりマイングは投獄されたって聞いたから、もうあんなことも起こらないだろうから」

市街地で頭に血が上った冒険者が暴れることはままある話だが、だからといって市民に斬りかかるのはご法度《はっと》だ。

当然ながら犯罪であり、マイングが投獄されるのも仕方がない。

彼も頭が冷えれば、もううちに手を出してくることもないだろう。

「しかしミアが絡んだ話とはいえ、なんでマイングはあんなことまで……？」

因縁を付けに来るだけならまだしも、下手に暴れて剣を抜けば衛兵に捕まると、マイングも分かっていただろうに。

頭に血が上った人間というのは、かくも理解しがたいものなのだろうか。

すると、ミアが言いにくそうに口を開いた。

「その……自分で言うのもなんなんだけどさ。実はあいつ、あたしが好きだったみたいで。それであたしがここによく来ているから、ラルド兄さんが気に食わなかったみたいで。それで……」

「あー、そういう……」

どうやらミアもマイングのことで困っていたらしいと、その様子からなんとなく察せられた。

ついでに気になっていたミアとマイングの関係も、単にマイングが片想いしていただけだと。

「ラルド兄さん、ごめんなさい。やっぱりあたしがマイングにちゃんと言っておくべきだったよ。『あたしたちは将来を誓い合った仲だから、あんたが入る余地はない』って……」

「ぶはっ!?」

飲みかけていた茶を思い切り噴き出してしまった。

「えっ、ちょっ……はっ!?」

し、将来を誓い合っただと!?

いつだ……一体いつそんな話をした!?

ミアは上機嫌《きげん》で言った。

「もう。このお店が開店したばっかりの時、お祝いで二人で飲んでたじゃん。その時ラルド兄さんが『このまま店が軌道に乗ったら、嫁さんも欲しいかな～』って言っていたじゃない。それであたしが『じゃあ、そのうちあたしもらって？』って言ったら『いいよ～』って。……ちゃんと、覚えているよね？」

どこか期待した様子でそう訊《き》いてくるミア。一方俺は、嫌な汗を背にかいていた。

ミアの笑顔が妙に恐ろしく感じる。

――やばい、あの時か！

べろべろに酔ってたから一切覚えてなかったとか、この空気じゃとても言い出せない……ので。

「あ、ああ……そうだったっけ。そんなことも言った……かな？」

恐る恐るそう言ってみると、ミアは「よっしゃ！」と小さくガッツポーズをとっていた。

とりあえず、なにかしらの危機は免れたのかもしれない。

けれど安心したのも束の間、ミアは視線を俺から真横に移した。

「ただき……ラルド兄さん。横のその子、誰なのよ？」

目を細めたミアがじぃっと見つめる先には、お茶を淹《い》れてくれたマロンの姿があった。

マロンも見られていることに気付いたのか、ミアと視線を合わせる。

「ああ、この子は……」

「はい、わたしはマロンと申します。ご主人さまの、永遠不滅のパートナーです」

にこりと微笑むマロンがそう言うと、一瞬にしてその場の空気が凍りついた。主にミアを中心として。

……う、うん。

確かにある意味、永遠不滅だろう。

主に寿命のない精霊って意味と、頑丈なブロンズソードって意味で。

「へぇ……ラルド兄さん？」

「ハ、ハイ」

「どゆこと？」

ミアはにこりと微笑んで聞いてきたが、まずい目が笑っていない。

B級冒険者の圧倒的な圧力を前に、少し早口になった。

「えーっと、この子バイトさんみたいなもんで。それでちょーっと出自が特殊で。だから真に受けないでもらえると助かる……かな？」

嘘は言っていない。

そもそもの話、ブロンズソードの精霊だなんて言っても信じてくれるかは怪しいし、今はあんな説明しかできそうにない。

やや苦しい説明に、ミアはおずおずと訊いてきた。

「……その言葉、信じてもいいの？」

「あ、ああ。少なくともミアが思っているような関係じゃない」

そう言うと、マロンがさらに付け加えた。

「ええ。わたしは毎晩ご主人さまに叩かれていた身ですから。恐らく、ミアさんが考えているような関係ではないかと」

　すると、ミアの顔が一瞬で赤くなった。

「ま、毎晩叩かれていた……⁉　それにご主人さまって⁉」

「ちょっ、ちょっと待った⁉　流石にその言い方は語弊《ごへい》が酷い‼」

　確かに鍛錬がてら、ブロンズソードは毎晩叩いたりしていたけど！

　単なる青銅以外の魔力鋼も素材にしているから、剣身内部の魔力を安定させるためにも何度も叩いてはいたけども！

「ら、ラルド兄さん、流石にそれはちょっと……」

　――【精霊剣】だからって、もう少し言い方を考えてくれ⁉

　若干声が震えているミア。

　まずい、完全にドン引きされている。

　それなりに長い付き合いで築いてきた信頼関係に今、ヒビが入ろうとしているのを強く感じる。

　俺はすぐに「誤解だーッ！」と叫び、堪《たま》らずマロンについて全て白状した。

　ミアを初めとした冒険者たちのために、ブロンズソードを作り続けていたことがスキル進化のきっかけになったこと、ある日突然スキルが進化したこと、そして作成したブロンズソードが【精霊剣】となったこと……。

　ついでにマイング撃退時のことも話した。マロンを使うと、【聖剣】にすら匹敵するとんでもない力を得られたと。

するると、

「よしっ、ラルド兄さん、今度一緒に冒険行こ！　マロンが上位アーティファクトの【聖剣】みたいなものなら、攻略できる遺跡も増えるし！」

ミアが何故かこんなことを言い出した。

その後「仕事があるしそもそも冒険者じゃないから無理だ」と説明するも、ミアは中々譲ろうとせず、彼女が納得するまで長々と説得をする羽目になった。

……なおこれ以降、ミアがちょくちょく冒険に誘ってくるようになるのだが、その話はまた別の機会に。

二章　クロスボウの精霊

「ご主人さま、わたし以外の【精霊剣】は作らないのですか？」

マロンが現れてから数日。

すっかり看板娘としての振る舞いも板についたマロンと共に、順調に店の経営を行っていた。

そんなある日の閉店後、ふとマロンがそんなことを聞いてきた。

「他の【精霊剣】か。そういえば、せっかく進化したスキルを全然使っていなかったな。注文が入っていた武器もあらかた作り終えて時間にも余裕があるし、試しに作ってみてもいいか」

「ええ！　是非、是非作りましょう！」

マロンは何故か、普段以上にぐいぐいと食いついてきた。

どうかしたんだろうか？

考えてみると、ふと思い至った。

「もしかして、【精霊剣】がマロンだけだと寂しいとか？」

よくよく考えてみれば、最近マロンが店の武器をじぃっと見つめていることが多かった気がする。

あれはつまり、他の武器の精霊とも話したいって意思の表れだったんじゃなかろうか。

【精霊剣】といえど、マロンは実に人間味に溢れている。少なくとも、嬉しいとか、楽しいという感情はありそうだし、寂しさなんかも感じたりするのだろう。

ところが、マロンは「いえ、寂しいというわけでは……！」と両手を横に振った。

「……ただ、他の武器たちに少し悪いかなと思いまして。ここでの生活はとても楽しいです。毎日色んなお客さんとお話できたり、ご主人さまと毎日仕事終わりにお茶を飲んだり。でも【精霊剣】ではない武器のままだとそんなこともできないなと、そう思ってしまったのです」

「なるほどな……」

要するに、マロンは他の武器たちのことを気遣《きづか》い、少し後ろめたさのようなものも感じてしまったのだ。

会話ができるわけではないだろうし、誰に責められているということもないのだろうが、彼女自身の優しさがそんな考えを起こさせてしまったのだろう。

「そういうことなら……よし」

俺は立ち上がって、散らかっていた作業場を片付けた。

ここは主人として、一肌脱いでやろう。

「ご主人さま？」

「作ろう、【精霊剣】を。確かに他の武器たちも精霊の姿になれば、マロンと同じように過ごせる。それに俺も他の精霊たちとも話してみたいし」

そう言うと、マロンは「ご主人さま……！」と瞳を輝かせた。

「ただ、俺がスキルで作り出した炉で高速生成できるのは経験値がカンストしているブロンズソードだけだから、他の【精霊剣】のベースにする武器は一から鍛冶の要領で作らなきゃいけないよな……」

　となればどの武器を作ろうか、と悩んでいたところ。

　マロンが店に置いてあったブラッククロスボウを持ってきた。

「ご主人さま。実は【精霊剣】の基礎となる武器自体は、このような完成品を使っても問題ないのですよ」

「んっ、そうなのか？」

「大切なのは、武器に精霊を宿す力。すなわち【精霊剣職人】のスキルです。そのスキルは、ご自身が心を込めて作った武器に魂を、精霊を宿す力。ご主人さまはこのブラッククロスボウも丁寧に作られたようですし、精霊を宿すことも可能でしょう」

「そうなのか……」

　確かに、手を抜いて作った武器は一つとしてない。そう考えれば店に置かれた全ての武器に精霊が宿る可能性はあるということか。

　そう聞かされると、【武器職人】冥利《みょうり》に尽きるというものだ。

　でも、具体的にはどうやって精霊を宿すんだろうか。

　マロンの時はブロンズソードの素材を、スキルで作った炉に放り込んで高速生成して……そうか。

「あの炉が、武器に精霊を宿すのか」

　ポンと手を打って言うと、マロンはこくりと頷いた。

「その通りです。では、こちらを」

にこりと微笑んだマロンからブラッククロスボウを受け取り、スキルで召喚した炉の中へ入れた。

ブラッククロスボウは、遺跡からよく採掘される【重黒曜石《じゅうこくようせき》】という特殊な鉱物を素材にして作られる射撃武器だ。

弓より射程や威力に優れる上、取り回しも良く、扱いやすさと安価な点から新米冒険者向きとされている。しかし【重黒曜石】自体がかなりの魔力を含む魔石でもあり、武器自体が秘める魔力は他の安価な武器とは比べ物にならない。

そんなブラッククロスボウは、一体どんな【精霊剣】になるんだろうか。

そんなことを考えていると、炉からブラッククロスボウが出てきた。

「おぉ……やっぱり外見は元と変わらないんだな。でもマロン、これでちゃんと【精霊剣】になっているのかな？」

「はい、精霊の反応が確認できますから。……あらっ？」

手からブラッククロスボウが浮き上がり、まばゆい光を放ち出した。マロンが目を丸くしてその光景を見つめる。

やがて光が収まると、目の前に現れたのは、黒のワンピースに身を包んだ眠たげな瞳の少女だった。

マロンよりも大分小柄で、守ってあげたくなるような可愛らしさを感じさせる子だ。

精霊少女はきょろきょろと辺りを見回してから、俺たちへ視線を向けた。

「……わたし、【精霊剣】ブラッククロスボウ。よろしくお願いします」

ブラッククロスボウの精霊はぺこりとおじぎして、舌足らずな声でそう言った。

見た目もそうだが、中身も少しマロンより幼い印象を受ける。

マロンは、その可愛らしい見た目に黄色い声を上げていた。

「ああ、よろしくな。俺はラルド。それでこっちは……」

【精霊剣】ブロンズソードのマロンです。して、ブラッククロスボウの精霊であるあなたは、何とお呼びすれば……？」

マロンは簡単に名前を決めてしまったが、他の【精霊剣】はどうなのだろうか。もしかすると、名前にこだわりを持つ子もいるのかもしれない。

黒い精霊少女は、しばらく「う～ん」と可愛らしく唸ってから、

「……黒いから、チョコでいい」

とあっけらかんと言った。

やはり【精霊剣】は名前にこだわりを持っていないんだろうか。

人間と精霊の感性の違いから来るものなのかもしれないが、一緒に暮らしていればその辺りもおいおい分かってくるだろう。

「分かった、それじゃあチョコ。これからよろし……く？」

話している途中、チョコがしなだれかかってきた。

「どうかしたのか？」

「夜中に呼び出されたから、眠い……。このまま寝たい……むにゃ……」

チョコはそう言って、寝息を立ててしまった。

呼吸に合わせて小さな胸が上下する。

「あらあら、この子ったら」

チョコを微笑ましげに見守るマロンは、どこか嬉しそうだった。

まるで、年下の姉妹ができた少女のようだ。彼女らに年齢の概念があるのかは分からないが、少なくとも外見的にも精神的にも、マロンの方が姉のように思えた。

「ひとまずチョコを寝かせようか。諸々のことは、また明日で」

「ええ、それが良いかと」

俺はチョコを抱きかかえ、そのまま寝室の方に運んでいった。

＊＊＊

チョコが店の一員として加わり、数日経ったある日。

「……ラルド。チョコ、戦わなくていいの？」

「チョコ？」

暇そうに店のカウンターに突っ伏していたチョコが突然、そんなことを言い出した。

急な問いかけに、少しだけ困惑した。

それから彼女は舌足らずな口調で、もそもそと言った。

「チョコ、こうして【精霊剣】になる前……ブラッククロスボウ全体の『意識』や『概念』だった頃は、ずっと誰かと一緒に戦ってたの」

「そりゃまぁ、ブラッククロスボウは武器だしな……」

ブラッククロスボウは安価で扱いやすい射撃武器として、新米冒険者なら必ず一度は使うとされている。この店での売れ行きもいい方だ。

ある意味、飛び道具におけるブロンズソードとも言える立ち位置の武器でもある。

「もしかして、チョコはこうして店番したりするのは落ち着かないのか？」

最近は「ラルドの店に可愛い子が二人もバイトに入った」と噂になっているようで、色んな冒険者たちが来てくれるようになった。

中には新米時代に武器を買っていた冒険者が戻ってきて、チョコを可愛がってから武器や道具を買っていくこともある……のだが。

どうもチョコは、そうした生活に心から馴染んでいる風ではなかった。

チョコは首を傾《かし》げながら、少し難しそうな表情で口を開いた。

「……チョコにもよく分からないの。今の生活はマロンが言うように楽しいし、あったかい。でもこれでいいのかなとも、少しだけ思っちゃう」

「あらあら、これは少し外へ出る必要があるかもしれませんね」

お茶を持ってきてくれたマロンは、チョコを見て苦笑していた。

「マロン、どういうことだ？」

「ええと、今のチョコは武器として使われてスッキリしたい気分だと思うのです。わたしたち【精霊剣】は武器ですから」

「ええと、つまり……？」

「日頃は鍛えていた人間がずっと寝ていたら体が鈍《なま》るのではと不安になるのと同様、きっとチョコもこのままでは自分の『武器』としての部分が錆《さ》びてしまうのではと、不安になっているのではないでしょうか」

マロンの言葉を聞いてから振り向くと、チョコは「うぅ～、なんとなくそんな気がする」といつも通り眠たげな様子で言った。

実際、マロンの言う通りなのかもしれなかった。

いくら二人が【精霊剣】として精霊の姿となり人間と同じように生活できているとしても、その本質はきっと武器なのだ。

彼女たちを使う、と考えるとなんだか残酷なことをしている気がするが、武器が武器として使ってもらえない方が、よほど残酷なことなのだろう。

「そういうことなら、確かに外へ出る必要があるかもな」

今、店の中には、お客さんはいない。

それに今日引き渡し予定の武器類はなく、明日使う武器素材も午前のうちに商人から受け取ってある。

となれば、だ。

「よし、午後は休みにして外に行くか。山とかどうだ？　チョコが武器として使われたいなら、その辺がいいと思うんだが」

そう聞くと、マロンは「いいですね！」と微笑み、チョコは「おぉ〜！」と両手を挙げた。

「山なら魔物もそれなりにいるでしょうし、チョコもすっきりするでしょう」

満場一致だ。俺たちは荷物を整え、街を出て山へと向かうことになった。


俺たちの住むファラルナ街は、周囲を円形の高い岩壁で囲まれた城郭《じょうかく》都市だ。

今時の大抵の街は、こういった造りになっていると、店に来る冒険者たちからよく聞いている。

こんなふうになっている理由は当然、魔物の襲来に備えるため。

魔物とは、遺跡や野山に生息する魔力を秘めた生物だ。生態は多様だが、共通項として共食いを繰り返して力を高めていくとされている。

しかし共食い以外にも、奴らは人も食らう。それも住処《すみか》の遺跡や縄張りを守るためだけでなく、人里を襲いに来ることさえある。

だからこそ魔物を狩り、魔物の巣である遺跡を潰す冒険者という職業が成り立っているのだ。

しばらく山の中を歩き、ちょうど良さそうな開けた場所に出た。

「街からもそれなりに離れたし、この辺でいいか。魔物もそのうち出るはずだ」

街から一時間も歩いたこの場所なら、多少暴れても問題ない。

マロンの力を考えると、チョコもなんらかの破格の力を持っている可能性がある。人間ではなく魔物の相手をすることを考えると、このくらいの安全策はあって然《しか》るべきだろう。

チョコは光を纏《まと》って矢が装填《そうてん》された状態のクロスボウに変身し、俺の手に収まった。

そういえばこの矢もチョコの一部なんだろうか、などと考えていると、チョコが勇ましく声を上げた。

「大丈夫、チョコが守る」

「それは頼もしいな。今回マロンは精霊の姿のままかい？」

訊くと、マロンは一つ頷いた。

「今回はチョコに譲って差し上げます。けれどチョコ、ご主人さまが付き合ってくれている以上、怪我をさせぬようしっかりと守るのですよ？」

「……武器として、当たり前」

短くチョコが答えると、マロンはその返事に満足したのか微笑んだ。

……と、同時に。

『GRRR……！』

低くざらついた唸り声が耳に届いた。

振り向けば、草木の陰から巨大な熊型の魔物が現れていた。

「おっ、早速お出ましか」

体毛と目は血塗られたように赤く、体躯はこちらの三倍ほどもある。太い腕と鋭い爪は、食らえばまず間違いなく死を招く凶器であることは明白だった。

俺は冒険者ではないから、立ち入りに許可の必要な遺跡へ行くことはできないので、そうそう魔物と対峙することもない。

だが過去に冒険者を目指していた頃、基礎知識として一通りの魔物のことは頭に入れていたので、一目で相手が何者かが分かった。

「レッドベアーか。この辺に出る魔物の中だと、そこそこの相手だな」

安直なネーミングに反して、初級の冒険者は一人なら当然のように避けて通るべきクラスの魔物だ。基本的に、普通の武器で真っ向から対峙することはあり得ない。

体内に魔力を持った魔物を相手取るなら、魔力を持った武器であるアーティファクトを使用するのがセオリーだ。

それに実際にレッドベアーと対峙すると、かなりの圧を感じた。

相手はすぐには襲いかからず、こちらの様子を窺《うかが》うように睨みを利かせている。獰猛《どうもう》な光を宿した瞳はまっすぐにこちらを見ている。恐らく、俺たちのことなど手頃な食糧程度にしか考えていないのだろう。

大型の捕食者との対峙。けれど思っていたほど、恐怖は感じなかった。

「これもチョコのお陰なのかな……行けるか？」

「大丈夫」

こんな時でも緊張を感じさせないチョコののんびりとした声音《こわね》。それが、よりいっそう立ち向かう勇気をくれた気がした。

呼吸を落ち着け、焦らずに【精霊剣】ブラッククロスボウを構え、レッドベアーの頭に狙いを定める。

『GERRR……GUOOOOO！！！』

武器で狙われたことを理解したのか、レッドベアーが咆哮を上げた。そして遂に、突進を仕掛けてくる。

高速で迫る巨躯に合わせて、引き金に指をかけて引く。

矢が射出された直後……。

ゴッ！　と風を引き裂く鋭い音がしたのと同時に、レッドベアーの頭が……いや、上半身が丸ごと消失した。

どころか、その背後にあった木々すら抉《えぐ》って、矢は天高くに昇っていった。

レッドベアーを倒してあっという間に空の彼方《かなた》に消えてしまった矢を、俺は呆然と見ていた。

「なっ……!?」

常識はずれの光景を前に、声が上ずった。

てっきり、軽々とマイングを吹き飛ばしたマロンを参考にして、チョコの力なら魔物の頭が吹き飛ぶ程度だと思っていた。

だが、チョコの本領は想像以上だった。もしかすれば、本気を出せばマロンにも似た芸当は可能なのかもしれないが。

ともかく【精霊剣】ではない元々のブラッククロスボウは当然、通常の矢を射出するだけの武器であり、ここまで突出した破壊力を叩き出せる代物ではない。

マロンが語ったところによると【精霊剣】となった武器は、アーティファクトの中でも上位の力を誇る【聖剣】並みの力を発揮できる……という話だったが、これを見れば素直に納得できるというものだ。

下半身だけとなったレッドベアーの体は、音を立てて崩れ落ちた。その断面は、熱したナイフを当てたバターのように綺麗に抉り取られている。

通常の武器どころか、並みのアーティファクトでさえこうはいかない。

それからチョコは精霊の姿に戻り「撃ったらすっきり」と呟いて一息ついた。

俺に向き直り、何かを期待するような上目遣いで見上げてくる。

「ラルド。チョコ、凄い?」

見た目通りの無邪気さで聞いてくるチョコの頭を撫でた。

「ああ、驚かされたよ。【精霊剣】は伊達《だて》じゃないな」

そう伝えると、チョコは満足げな表情を浮かべた。この辺りは年頃の少女らしいと思えてくる。

……ついでに俺も、予想外の収入に少し嬉しくなっていた。

レッドベアーの毛皮は高価な素材だ。下半身だけとはいえ、売ればそこそこの値は付くだろう。

それに骨も何かに使えるかもしれない。

魔物の毛皮や骨、それに牙と角などは魔力のこもった素材として高く売れる。だから冒険者には力任せの攻撃だけでなく、いかに高価な素材を傷付けずに採取するかの技量も求められるのだ。

ちょうど同じ商工会に所属する知り合いの商人に魔物の素材を扱う人がいるので、売るのは簡単だ。

その金で今晩は特段美味《うま》い物をマロンとチョコに食べさせてやれるなと、俺は今夜の献立《こんだて》を考えて笑みを浮かべていた。

三章　ミスリルの聖剣姫

ファラルナ街内某所。

地形を利用して建てられた、強固な牢。そこには、冒険者でありながら一般市民への狼藉《ろうぜき》を働いたとして、一人の男が収監されていた。

彼の名はマイング。片想い相手にちょっかいを掛けていると思いこんでいた【武器職人】相手に遅れを取った上に、汚名をすすごうとムキになって再度挑みかかり、今はこのザマとなっている、哀れな男であった。

そんな彼の収監されている牢の前に、一人の女が近づいていく。ただ歩いているだけであるが、その立ち居振る舞いは、見る者が見れば強者のそれと一目で分かるだろう。

女は流れる美しい金髪を揺らしながら牢の前に立つと、中でうなだれるマイングへ向け、麗《うるわ》しい碧眼《へきがん》を冷ややかに細めて声を掛けた。

「随分なことだな、マイング。まさかお前がここまでやらかすとは」

「テメェ……サフィアか」

マイングがサフィアと呼んだ若い女は、全身をミスリル素材の甲冑《かっちゅう》型アーティファクトで武装し、腰には一振りの剣型アーティファクト……【聖剣】を携えている。およそ女だからといって、余人に侮られるような出で立《い》ちではなかった。

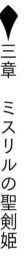

彼女がその辺の冒険者と一線を画することは、彼女を表す二つ名が物語っている。

「S級冒険者の【ミスリルの聖剣姫《せいけんき》】サマが、俺なんかに一体、なんの用事だ？」

自嘲気味な笑みを浮かべたマイングに対し、サフィアは憤《いきどお》るでも嘲《あざけ》るでもなく、淡々と会話を続けた。

「なに、同じ冒険者ギルドの仲間が、馬鹿をやって捕まったと聞いたのでな。外の衛兵たちに無理を言って様子を見に来た。……まぁ少しやつれてはいるが、その様子なら、しばらくの牢生活も耐えられそうで何よりだ」

ため息交じりのサフィアの言葉に、マイングは舌打ちした。悪意があるわけではないだろうが、サフィアの呆れ切った様子がマイングの神経を逆撫でしていた。

「……で、本題は？　お前さんがわざわざここに来た理由、どうせ俺の心配だけじゃないだろう？」

「ほう、話が早くて助かる。では単刀直入に聞くが……お前は本当にただの【武器職人】に負けたのか？」

サフィアが訝しげにそう尋ねた。

マイングとて、B級とはいえ幾度となく死線をくぐり抜けてきた、熟達の冒険者なのだ。竜の下位種であるワイバーンの単騎討伐の他、ダンジョンの主《あるじ》の討伐依頼に加わった実績もあり、普段の素行や考えの浅はかさはどうあれ、その実力はギルド内でも信頼の置けるものであった。

言動がもう少し控えめで、上の覚えさえめでたければ、評価も見直されA級に上がっていてもおかしくはなかっただろう。

……それを台無しにするほどの落ち着きのなさは、どうやら彼は自覚もなく自重もできていないようであったが。

「お前の実力は、わたしもよく理解している。言動に目を瞑りさえすれば冒険者としては申し分ないものだ。そんなお前が、街に引きこもっているばかりの【武器職人】に負けるとは考えにくい。一体、何があった?」

サフィアは重ねて問いかけるが、マイングは答える素振りを見せない。

マイングは痛くプライドを傷付けられたことから、頑《かたく》なに口を閉ざしていた。

何せ、新米冒険者のサポート程度しかできないと侮られている【武器職人】に、真っ向から挑んで敗れたのだ。どんな言い訳をしたとて、その事実を覆すことは叶わない。

それが分かっているからこそ、たとえギルド内で自分より格上の者から詰問《きつもん》されたとしても、沈黙を貫いてきたのだ。

どうも話す気はないらしいということを察したのか、サフィアはまたもため息をついた。

「……仕方がない、話したくないならわたし自ら出向こう。事と次第では、ギルドのメンツにも関わるからな。お前が敗れたという【武器職人】に会ってこようと思う」

そう言うと、サフィアが踵《きびす》を返し、外へ出ようとした。

出口の扉を開けた時、マイングが遂に、押し殺した声で言った。

「……奴の武器には気をつけろ。ワイバーンのブレスをも超える魔力の塊で、俺の攻撃すら通じなかった。【聖剣】の一種かもしれないぞ」

「ほう。……心得た」

一介の【武器職人】が【聖剣】を手にしていることなど考えにくいが、この状況で得にならない嘘をつくとも考えられない。

サフィアは振り返らずに、今度こそ外へと向かっていった。

＊＊＊

普段通りの営業中。お客さんの一人が明るい声を上げる。

「マロンちゃんもチョコちゃんも今日も可愛いね～、また来るよっ！」

「はい、毎度ありがとうございます！」

カウンターで接客するマロンは、今日も元気いっぱいな挨拶《あいさつ》を返し、笑顔でお辞儀《じぎ》してお客さんの冒険者を送り出した。

その横で商品の陳列《ちんれつ》をしているチョコも、いつも通りの眠たげな瞳はそのままに、片手を振っていた。

ここ最近、二人の看板娘のおかげか、店に来てくれる冒険者の数がより増えた気がする。

俺のような男が一人と、無機質な武器だけが並ぶ殺風景《さっぷうけい》な店内が華やいだのは勿論《もちろん》のこと、単純に人手が増えて対応できる人数も増えたのが大きかった。

それにマロンが暇を見つけてはお客さんに、

「ご主人さまの作るブロンズソードはいいですよ！　使い手に合わせて専用の物を作ってくれますから、どんな人のニーズにも応えられるんです！　オーダーメイドと言っても安価ですし、頑丈で魔力も通しやすいので、新米さん以外にもおすすめです！」

と売り込んでいるからか、ブロンズソードの発注がこれまでの倍になっている。

それ以外の武器の売り上げも日に日に伸びており、中々充実した日々を過ごせていた。

その伸び方は驚異的で、一人でやっていた頃とは比べ物にならないほどだ。

「普段からこれくらい作った武器がちゃんと売れれば、世の中で【武器職人】が不遇職扱いされることもないだろうに……」

思わず、そう独りごちてしまうほどだった。

そもそもこの街にはいくつかの冒険者ギルドがあり、新米冒険者のお客さんもそれなりに多いから、店の経営が成り立っているという面もある。

とはいえ、いつまでも新米向けのブロンズソードだけを作るわけにもいかない。新米冒険者が成長すれば、大抵は遺跡産のアーティファクトに乗り換えてしまう。だからゆくゆくは中堅どころの冒険者向きの商品も考えられればな、と感じていた。

「さて、そろそろ昼休憩にしようか。次の開店はまた午後から……」

と、お客さんが引いたところで外に出て、店の立て看板を一旦『ＣＬＯＳＥ』にしようとしたところ、横から「失礼」と声を掛けられた。

見れば、騎士のような出で立ちをした、金髪碧眼の若い女性が立っていた。

思わずドキッとするほどの美人だ。だが、記憶の中に、彼女の顔は見当たらなかった。

彼女は絶妙に警戒心を抱かせない柔らかな表情で語りかけてくる。

「あなたがこの店の店主だろうか？」

「はい、そうですけど、あなたは……？」

尋ねると、女性は自分の胸に手を当てて名乗った。

「わたしは冒険者ギルド【風精《ふうせい》の翼《つばさ》】所属の、サフィアという者だ」

「俺はラルドです。……【風精の翼】のサフィアさん、ですか」

冒険者ギルド【風精の翼】。その名には心当たりがある。

ミアやマイングの所属する、この街でも一、二を争う強豪揃《ぞろ》いの大手ギルドだ。

「いや、わたしのことはサフィアでいい。見たところ歳も近いしな、敬語も一切不要だ」

サフィアさん……いや、サフィアはサバサバとした態度で言った。

そういえばサフィアという名前は前にミアから聞いた気がしたが……うーむ、かなり前の話だったのでよく思い出せない。

「その、来てくれたところ悪いんだけどさ。店は昼休憩で一旦閉めようと思うんだけど、もしかして買い物とか……？」

敬語もいらないと言うので自然体で聞けば、サフィアは首を横に振った。

「いや、すまないが買い物ではない。用があるのは店ではなくあなただ、ラルド」

「俺？」

買い物に来たわけでもなく、俺個人を相手に用件とは妙な話だ。

少し身構えると、サフィアは軽く頭を下げた。

「先日は我がギルドの阿呆《あほう》が迷惑をかけたそうで、詫《わ》びを言いに来たのが一つ。それと……」

サフィアは改まった様子で、

「ラルド。この場でこう頼むのが不躾《ぶしつけ》なのは承知だが……あなたに勝負を申し込みたい」

「……えっ？」

一瞬、聞き間違いかと耳を疑った。

勝負？　職業【武器職人】の俺と？

「いやいや、冒険者相手に勝負は流石に……」

この前のマイングが例外的だっただけだ。

それに見たところ、装備も醸《かも》し出す空気も只者《ただもの》のそれではない。普通なら俺なんかが到底敵《かな》う相手ではないだろう。

マロンたちの力もむやみに振るいたくないのでやんわり断ろうとすると、サフィアは一歩前に踏み出してきた。

「ワイバーンの討伐実績を持つマイングをも倒した【武器職人】の腕前、是非知りたい。それにわたしも未だ修行中の身、強者との戦闘経験は是非積みたいのだ。難しいのは承知しているが、どうか頼めないか？」

――マイング、地味にワイバーンとか倒してたのか！

また俺の意思とは裏腹に厄介な方向に話が進みつつあるのと、サフィアの綺麗な顔が間近にまで迫っていて、わたわたとする他なかった。

だが、俺には彼女と勝負する理由がない。こちらが怪我をさせられる可能性もなくはないし、それはあちらも同様だ。

「申し出は光栄だけど、店の営業もあるし簡単に勝負するわけには……」

そう伝えると、サフィアは少し考えた後、こんな提案をしてきた。

「ならば、わたしが店で多めに買い物をしよう。それに我がギルドの面々や他ギルドの知り合いにも、店のことは大々的に紹介しておくと約束する。要は金のかからない広報活動だが……どうだろうか、商人としては悪くない条件ではないか？」

「む、むうぅ……」

確かに、得しかない話だ。今日の売り上げも上々なものになるだろうし、彼女が宣伝してくれるなら新米冒険者だけでなく、中堅どころの冒険者たちに武器を作る機会も生まれるかもしれない。

商売で【武器職人】をやっている以上、食い付きたい思いも少しは出てきた。

……でも、それでマロンたちを巻き込んでいいのだろうか。

勢いで首を縦に振りそうになるのをふと思い留《とど》まった。

相手は現役の冒険者だ。きっとマロンたちの助けを借りなければ、一瞬で倒されてしまうだろう。

だから勝負をするなら【精霊剣】を使う前提になる。

しかし相手はミアの所属するギルドの人間だし、魔物を一撃で吹っ飛ばすほどの【精霊剣】を、果たして向けていいものか……。

迷っていると、隣から声がした。

「ご主人さま、やりましょう」

「ラルド、チョコも協力する」

いつの間にか、【精霊剣】の二人が店先に出てきていた。途中から話を聞いていたのだろう、これから何を行おうとしているのか、既に把握済みのようだ。

「わたしたちは武器です。ご主人さまの身を守ることこそが務めであり、誇りですから！」

「それにお店の助けにもなる。チョコたちに任せて」

やる気十分といった様子の二人が、俺を見上げ、信頼してほしいという風な視線を投げ掛けてくる。

「二人とも……」

ここまで二人に言わせたのだ、それなら主人として応えるべきだろう。

何より自分の作った武器を信じられなければ、【武器職人】失格にも思えた。

「ありがとう。それならサフィア、その勝負を受けるよ」

返事をすると、サフィアは訝った様子で言った。

「……言っておくが、決闘はわたしとあなたの一対一だぞ？」

どうやらサフィアは、三人がかりで戦うと思っているらしい。

「分かっているよ、ちゃんと戦う時は一対一だ」

この二人は協力してくれると言っても、あくまで武器の【精霊剣】としてだ。

とはいえ、彼女たちがどんな力を持っているかは実際に見ないと理解できないだろうから、サフィアの態度も当然と言えば当然だ。

加えてサフィアの様子から、マイングから【精霊剣】について詳しくは聞いていないらしかった。

サフィアは「どういうことだ？」と言いたげだったが、ひとまず俺たちは、決闘の場へと移動する運びとなった。


サフィアが選んだ決闘の場は、街の外れにある広場だった。

木々も建物もない開けた場所で、ここでならお互いに心置きなく動き回れる。

それに人けのないここであれば、マロンやチョコの力で多少周囲に被害が出たとしても問題はないだろう。

移動し終えた後、サフィアは俺に向き直った。

「ラルド、一つ訊きたいのだがあなたの得物はなんだ？　あなたは剣を使うと聞いていたのだが……見たところ無手のようだが」

俺の真正面に立つサフィアはそんなことを訊いてきた。

マロンと並び立ち、真っ向からその視線を受ける。

「それはこれから見せる。マロン！」

「はい！」

マロンは輝きを放って【精霊剣】ブロンズソードに変身し、かちゃりと音を立てて俺の手の中に収まった。

その光景に、サフィアは目を剥いて驚いた。

「なっ……人間が剣に⁉」

驚愕の声に、どこか得意げにマロンが返す。

「いいえ。わたしことマロンは、ブロンズソードの精霊です。ご主人さまに作られし【精霊剣】、それがわたしの正体です」

剣のまま自己紹介したマロンに、サフィアは「そうか、精霊か」と短く返事をした。

思ったより、精霊については驚かなかったらしい。

「世の中にはごく稀に、アーティファクトにも匹敵《ひってき》する精霊が存在したり、精霊を宿すに至った武器もあると聞くが、まさかあなたがそれほどの武器を作れるとは。……ただの【武器職人】という評価はいささか過小だったらしい。詫びよう、心中であなたを侮っていたことを」

そう言って、サフィアは腰の剣に手を伸ばした。

サフィアの気配が変わり、空気がひりついていくのを肌で感じた。サフィアが剣を引き抜こうとした瞬間……木の陰から誰かが飛び出してきた。

「ま、待った待ったー⁉　ラルド兄さんもサフィアさんも、ちょっと待ったー‼」

「ミア、なんでここに？」

頭に木の葉をくっ付けている間の抜けた出で立ちで飛び出してきたのは、ミアだった。

急いで駆けてきたのか、息を切らせている。

ミアは呼吸を落ち着ける間もなく、ここへ来た理由を説明し出した。

「ラルド兄さんのお店の近所の人から、ラルド兄さんがサフィアさんに連れていかれたって聞いて。ていうかこれ、やっぱり決闘とか⁉　や、やめてよ！　ラルド兄さんが何したのか分かんないけど、あのサフィアさんと決闘なんておかしいって！」

慌てて止めようとしてきたミアに、サフィアは落ち着いた声音で言った。

「いや、命のやり取りではないから安心してほしい。わたしは単に、マイングを下したというラルドの実力を知りたくなっただけだ」

焦るミアに対し、サフィアは事も無げな様子でそう言ったが、その手が腰の剣へと伸ばされているのを見るとミアの顔色が変わった。

「ちょっ……サフィアさん！　命のやり取りじゃないと言っても、まさかその【聖剣】を使うつもりですか⁉」

「んなっ……【聖剣】⁉　本物か……⁉」

サフィアが腰に提げている得物を見て、思わず体を硬くした。

全てのアーティファクトの頂点にして、限られた遺跡のみで発掘される【聖剣】。それらは一振りするだけで山を崩し、海を裂くとされている、古代の超兵器とも言われる代物だ。

冒険者ギルドが多いこの街でさえ【聖剣】所持者はわずか五名と前にミアから聞いたのを思い出す。……いや、世界でも持っている人間はごくわずかだろう。

そんな稀少な物なので、実物にお目にかかるのは初めてだ。【武器職人】としての直感で、最初から平凡な物ではないだろうと薄々勘付いてはいたが、色々と合点《がてん》が行った。

それにサフィアが【聖剣】所持者だと聞き、俺は過去、ミアから聞いた話の詳細をようやく思い出していた。

「……そうか。ミアのいるギルドにも【聖剣】所持者がいるって話だったけど、それがサフィアだったのか」

「……って、ラルド兄さん忘れていたの!?」

信じられない、というように目を見開くミアに、気まずくなって目を逸らした。

……ミアと談笑する時は大抵酒が入っているので、記憶が曖昧《あいまい》になりやすいのだ。

その辺りはどうか許してほしいと思う次第だった。

「サフィアさんは単騎で三つのダンジョンを攻略したS級冒険者だって、わたし前に言ったよね!?」

「あ、ああ、ちゃんと思い出し……覚えていたよ、うん」

早口気味に取り繕《つくろ》ったところで「今さら思い出しても遅いよ!?」とミアは言いたげだったが、いやはや思い出すのが今さらすぎたとしみじみ思う。

ミアの怒りにずっと付き合うわけにもいかないので、それなりのところで流しておくとして……。

しかし、マロン曰《いわ》く同格とも言える【聖剣】と【精霊剣】がぶつかり合うとなると、一体どうなるのか。

少なくともマロンは、マイングを吹き飛ばす程度の力しか見せていないが、同じ【精霊剣】のチョコは一撃で地形さえ変えかねない力を発揮して見せたのだ。

できるだけ手早く済ませたいなと、ブロンズソードを握り締める力を強くした。

「……ミア、ラルド、そろそろいいか？　始めるに始められないのだが」

「ああ、すまない。そっちも構えてくれ」

まだ何か言いたげなミアを、とりあえず大丈夫だからと説き伏せ、戦いの場から下がらせた。

俺の言葉にサフィアは頷き、遂に腰の【聖剣】を引き抜く。

すらりとした細身の銀剣。その柄には黄金の装飾が施されていて、まるで儀礼用の宝剣と見紛《みまご》う美しさだった。

けれどその刃に込められた魔力は規格外で、適当に暴発させるだけでも街の一角が消し飛ぶレベルだと、感じられる魔力から容易に想像できた。

俺も魔力のこもった武器も取り扱っている一端《いっぱし》の【武器職人】なのだ。プロとして最低限、それくらいは理解できる。

だからこそ、マロンを持っていてもなお、彼女の一挙手一投足を油断せず警戒しなければならなかった。

「では……参る！」

サフィアが踏み込み、一気に距離を詰めてくる。

十歩以上あった間合いは、一呼吸でゼロになる。

気付いた時には【聖剣】の一撃が間近に迫っていた。

「くっ……！」

反射的にブロンズソードを振って、【聖剣】を受け止める。その途端、視界が揺れるほどの衝撃に襲われた。

剣を持つ手がミシミシと軋む感覚、体中に想像以上の負荷がかかる。

瞬時に踏ん張って押し潰されないよう踏み留まると、サフィアが小さく笑みを浮かべていた。

「ほう。初見でわたしの一撃を受けるとは、中々……！」

「なんだこれ、無茶苦茶重いぞ……！」

とても細身の体から繰り出されたとは思えない一撃は、あの熊のような巨躯を持つマイングのそれを大いに超えていた。

剣の鍛錬は冒険者を目指していた頃に積んでいたとはいえ、マイングと戦った時同様、マロンの力で体が強化されていなかったら一撃で地に伏せられていただろう。

だが、受けることも十分に可能だと、今の一合で分かった。

天地ほどの実力があろうと、マロンと一緒なら戦える！

「まだまだっ！」

サフィアはそのまま軽やかなステップを踏み、再度斬りかかってくる。

その剣戟《けんげき》は圧倒的に重く、受けるたびに足元にミシリと小さくヒビが入る。詳細は分からないが、化け物じみた攻撃力だった。

その場から強引に飛び退《の》いて距離を取って、呼吸を落ち着けた。

「マロン、あの剣の重さの秘密はなんだと思う？　君と一緒でも受け止めるのが精いっぱいだ……！」

「あの【聖剣】の能力ですね」

「【聖剣】の能力、たとえばどんな……？」

問いかけると、マロンは意思表示のつもりか、かちゃりと音を立てた。

「わたしがご主人さまに魔力を送って身体能力を強化する、いわば【魔力強化】の能力を持つように、あの【聖剣】にも力があるはずです。恐らくそれは単純に身体能力を上げるものではなく、もっと別の、持ち主や剣そのものに影響を及ぼす能力……」

「ほう。その【精霊剣】とやら、単なる剣かと思えば中々頭も回るらしい。持ち主が戦っている間に、頭脳面を担当されては厄介だな」

サフィアの目が細くなった。

なるほど、マロンの推測は的を射ていたと。

「ではこちらの【聖剣】の能力が明らかになる前に、カタをつけさせてもらおうか！」

サフィアの踏み込みが先ほどよりも速くなった。

最早《もはや》目で追うのも難しい速度の前に、手出しができない。

どう対応すればいいのか、マロンの柄を握り締めながら思案していた時、不意に舌足らずな声が耳に届いた。

「……大変そうだし、チョコも手伝う」

チョコはブラッククロスボウに変身すると、俺の左手に収まった。

右手にマロンを握り、左手にチョコを握る形になる。

「あの人の動きを見て、先回りするように撃って」

「……よし！」

チョコに言われるまま、サフィアの向かう先を予測して矢を放つ。

放たれた矢は小さかったが、それでも【精霊剣】の力か地面に大穴が穿《うが》たれた。以前に見た時よりは力が抑えられているんだろうが、それでもすさまじい威力だ。

「くっ……⁉」

動きを先読みされ、とっさに動きを止めたサフィアは大きく跳躍した。

体が宙に浮き、踏ん張る足場もない今なら、こちらの攻撃も【聖剣】で受け止めるしかないだろう。

俺は距離を詰めてブロンズソードを振りかぶった。

「マロン、合わせてくれ！」

「はい！」

【聖剣】にブロンズソードが届くのと同時、マロンが剣身から莫大《ばくだい》な魔力を放った。

すさまじい魔力の噴射によって、【聖剣】による防御を押し込んでいく。

――押し切れる！

確信した瞬間、サフィアはにやりと笑った。

「ふふっ、それでこそ勝負を挑んだ甲斐《かい》があるというもの。ではこちらも見せるぞ……！」

「なっ……!?」

サフィアが気合を発するのと同時に【聖剣】が輝く。それは神話に語られるような、魔を滅する強い光そのものなのだと肌で感じた。

そしてその光は俺とサフィアを包み込むようにして膨張していき、

「させません！」

次いで放たれたマロンの魔力によって、臨界に達する寸前で粉々に弾《はじ》けてしまった。

サフィアの顔が驚愕に染まり、余波で真後ろへ吹き飛び、背中から倒れ込んだ。

俺もまた、同時に衝撃を受けて後ろに飛ばされ、なんとかマロンを突き立てて耐えていた。

「ぐうっ……!?」

「なっ、結界が中途半端に打ち消されただと!?　……そうか、その【精霊剣】が結界中央の起点を……！」

「魔力の圧力で、押し砕いただけです！」

衝撃が強烈だったのか、はたまた今の光景はあまりに現実感がなかったのか。

サフィアは唖然として立ち上がれないようであった。

一方の俺は、辛《かろ》うじてとはいえ立っている。

目の前の光景を、ミアはぽかんと見つめていた。

「う、嘘。ラルド兄さんが勝っちゃった……？」

「……これは参ったな。まさかわたしに土をつけるとは」

ミアの呟きを聞いてか、サフィアは起き上がってから両手を上げ、困ったような笑みを浮かべてそう言った。

――これはつまり、ミアの言った通りに俺の勝ちでいいのか……？

全く実感が湧かなかったが、サフィアにはもう継戦の意思はないらしかった。

まさか【聖剣】所持者に勝ててしまうとは、我ながら完全に予想外の展開だ。

――いくら【精霊剣】の力が強大だからって、一介の武器職人の俺が、まさかS級冒険者から一本取れる日が来るなんてな……。

ひとまずサフィアとの決闘は、こうして決着となった。

「ラルド。あなたは【武器職人】にしておくのがもったいない剣筋だった。あなたさえ良ければ、是非、うちのギルドに入らないか？　あれほど剣を振るえるなら、スキルが非戦闘向きでも加入を認めてもらえる可能性は十分あるはずだ」

「いや、せっかくのお誘いだけど、俺はいいよ。俺は今の生活が結構気に入っているから。それにこうして店も構えているしさ」

そんなことを話しながら、俺はサフィアを連れて店に戻っていた。

決闘後、約束通りにサフィアが武器を買っていってくれると言ったからだ。

店に着くと、サフィアは「これがわたしを下した職人の作り出す武器か」とこそばゆいことを呟きながら、棚をまじまじと眺めていた。

そしてサフィアは店の中を一通り見た後、おもむろに言った。

「ふむ、ではこの棚のブロンズソードを全ていただこう」

……一瞬、何を言われたのか分からなかった。

全部？　……全部だって？

彼女の言葉を一瞬遅れて理解し、思わず声が上ずった。

「なっ……おいおい、それ店にあるブロンズソードの在庫はほぼ全部ってことじゃないか⁉　約束通りに武器を買っていってくれるのは、こちらとしてはありがたいけど……全部ちゃんと使ってくれるのか？」

いくら安価とはいえ、ブロンズソードもそう簡単には壊れない。

この棚にある全てを買うとなれば明らかに個人で使い切れる本数を超えているし、サフィアにはあの【聖剣】もある。

売れれば嬉しいことに間違いないが、買うだけ買われて死蔵《しぞう》されてしまうのは、作った側としては複雑な心境だ。

どういうつもりなのかと聞くと、サフィアは答えた。

「実は最近、遺跡の攻略依頼が少し多くて、ギルドに備え置きされている武器が足りなくなっていてな。それでギルドマスターが困っていたのだ。そこでこれらのブロンズソードはわたしが買い取った後、普段世話になっている礼も兼ねて、ギルドへ納めることにする。ちゃんと全て使われるだろうから、そこは安心してほしい」

「ならいいけど……でも、どうやって持ち帰るんだ？」

サフィアが鍛えられたS級冒険者だからといって、ブロンズソード数十本を荷車もなしに持ち帰るのは物理的に不可能だろう。いくら小柄な冒険者でも扱える武器だとしても、重い金属の塊には違いないのだから。

どうするのか黙って見ていると、サフィアは支払いを済ませてから【聖剣】を引き抜き、剣身からまばゆい光を発した。光は購入したブロンズソードを照らす。

次の瞬間、サフィアは縄で一まとめにした数十本ものブロンズソードを、片手で持ち上げてしまった。

「なっ、そんな軽々と……!?」

驚いていると、マロンが「これはこれは」と頷いた。

どうやら、戦闘中から【聖剣】の能力について考察を続けていたらしいが、ようやく合点が行ったようなふうであった。

「なるほど、その【聖剣】は物体の重量を自由自在に変えられるのですね？　先ほどのような戦闘時には、相手に一撃を加える瞬間のみ剣の重さを激増させ、代わりに移動時は自身の体重を含めた重さを激減させていたと」

「お～、それであんなに速かったんだね」

チョコも納得した様子でいると、サフィアは苦笑した。

「まあ、概ねその解釈で問題ない。他にも能力はあるが、確かにこの【聖剣】ラプテリウスは万物の重さを任意で変化させる力を持つ。おかげでドラゴンでもダンジョンの主でも、軽くして投げ飛ばしたり、重くして動きを止めたりできる」

「そんな昔話の魔法みたいなことが手軽にできるんだな……」

話を聞く限りだと、マロンのように身体能力を底上げできる能力ではないらしいが、それを補って余りあるほどの力を秘めた剣というわけだ。

いや、むしろS級であるからこそ、最高峰のアーティファクト【聖剣】の力を使いこなせる……といったところだろうか。

「それが【聖剣】が【聖剣】たる所以《ゆえん》なのでな。しかしあなたの持つ【精霊剣】も中々だったぞ。見た目こそありふれた武器だったが、最後はラプテリウスの超重力結界をも吹き飛ばしていたからな。いやはや、あれが破られたのは久方ぶりだ」

サフィアは感心した様子で言っているが、恐らくその超重力結界とやらが先ほど話に出てきたドラゴンやダンジョンの主の動きを止めた技だったのだろう。

……危ない危ない。

そんなものをまともに食らっていたら、間違いなくあっという間に戦闘不能だった。

サフィアが戦ってきた強敵、最強の魔物と名高いドラゴンでさえ破れなかった技だ。

マロンがいなければ、単なる敗北では済まなかったかもしれない。

「そういえばマロン、さっきは助かったよ」

「いえ、ご主人さまをお守りするのがわたしの務めですから。当然の働きをしたまでです」

マロンはそう言い、微笑む。

その笑顔は、いつまでも見つめていたいほどに温かなものだったが……。

「……むぅ……」

視界の端で、ミアがドス黒いオーラを出しているのがちらつき、気になって仕方なかった。

「ど、どうかしたのか、ミア？」

「ラルド兄さん？　わたしの前であんまりいちゃつかないで。嫉妬で爆発しそうなんだけど」

「わ、悪かった悪かった。だからあんまり怖い顔しないで、な？」

はっきり言い切る分、より恐ろしさのあるミアの言葉に、俺は背筋に冷たい物が伝うのを感じてしまった。

言いつつ、急いでミアの頭を撫でると、ミアは若干機嫌を直してくれた。

「……？　ラルド、あなたとミアは恋仲なのか？」

「いいえ、将来を誓い合った仲です」

サフィアの問いかけに、ミアがきっぱりと即答した。

……ミアと将来を誓い合ったのは酒の勢いであったなどと、本格的に言い出せなくなってきた今日この頃である。

サフィアは何故か、先ほどまでの怜悧《れいり》な表情からは想像もつかない、にやにやとした笑みを浮かべながら、俺とミア、それにマロンとチョコを見比べた。

「ほうほう。つまり未来の旦那が一つ屋根の下で別の女と寝ていることが、ミアにとっては気が気でないと」

――ちょっ、また誤解が生まれそうな言い方を！　そもそもなんだそのにやにやとした顔は！

「……しかしまぁ、【精霊剣】は可憐な少女に見えたとしても、あくまで精霊が宿った武器だ。ラルドも、欲望のままに襲うような真似《まね》はしないだろう」

サフィアの言葉に、ミアがほっと一安心したように息を吐いた。

言うまでもない。俺も（いくら外見的に少女だとしても）マロンたちが本質的には武器だということは理解している。

当然、襲いかかって欲望を満たすような不埒《ふらち》な真似は一切していないし、これからもすることはない。

さて、これで一件落着……とか思っていたところ、

「あらっ、わたしはご主人さまになら襲われても構いませんよ？　むしろ【精霊剣】として作っていただいたことですし、普段からお世話になっているご恩も、ご主人さまの望むことで返せれば良いと思っておりますし……」

「襲う……？　よく分かんないけど、チョコも～」

見事に新たな爆弾が投下された。

――いやいや。せっかく収まりかけていたのに、何してくれてんの君らは⁉

案の定、ミアは狼狽《ろうばい》して必死に「ラルド兄さん⁉　絶対にダメだからね⁉」と縋《すが》ってくるし、サフィアはサフィアで面白そうにこちらを眺めている。

ミアをなだめるのに大分苦労させられた俺は、しまいにはぐったりする羽目になった。

そんな様子を、サフィアが微笑ましげに見守っていた。

まったく、自分が原因だと分かっているんだろうか……。

ドタバタと色々なことがあり、妙に疲れ切ってしまった一日の終わり。

今日は早く休んでしまおうかとも考えたが……目の前に仕事があると、俺は休むより先にそちらを終えたくなってしまう性分だった。

なのでサフィアに買われていったブロンズソードの補充分を作ろうとして、訓練を兼ねた鍛冶を始めた。

そこで、【精霊剣職人】のスキルウィンドウを開いてみたのだが、

「……ん、なんだこれ？」

そこに現れた変化に目が留まった。

ウィンドウの端の方に、見慣れない『修復』という文字が浮かんでいる。

こんなの前はなかったが。スキル進化時みたく、押すと何か起こるとか？

そう思いつつ軽く触れてみるが、特に何かが変わった様子もない。

それから何か変化が起きないか試行錯誤していると、店の掃除をしていたマロンが作業場に戻ってきた。

「ご主人さま、何をしているのですか？」

小首を傾げたマロンに、ウィンドウを見せた。

ちなみに【精霊剣】であるマロンたちには、本来同種のスキルを持たなければ見えないウィンドウの内容を共有することができる。

「この修復ってやつ、前にはなかったんだけどさ。これってなんだか分かるか？」

「おお……これは！」

ウィンドウを覗き込んだマロンは、嬉しそうな様子で言った。

「おめでとうございます！　恐らく、ご主人さまの【精霊剣職人】スキルのレベルが上がったことで、新たに行える行動として現れたのかと」

「ん、またレベルが上がったのか？　【武器職人】の時と違って、俺はチョコ以降、一本も【精霊剣】を作ってないんだけどな……」

「いえ、先日のサフィアさんとの戦闘、あれがレベルアップのきっかけになったのでしょう。スキルというもの自体、関連した行動でも成長する可能性はありますから。あの戦いではわたしたち【精霊剣】を使用していたわけですし、十分にあり得るかと」

なるほど、【精霊剣職人】スキルのレベルは、鍛冶で【精霊剣】を生み出さなくても、【精霊剣】を使っていれば戦闘でも上がるのか。

……危ないことはあまりしたくないので、このレベル上げ方法は常用できないが。

それで、新たにできることになったスキルの行動とやらだが。

「この修復っていうのはそのまま、武器を直せるのか？」

「そのはずです。なんでしたら、わたしを診てくださいませんか？」

そう言って、マロンはブロンズソードの姿になった。

マロンを握って、ウィンドウの『修復』を押してみる。

すると、

「……おぉ、なんかマロンの状態が頭の中に流れ込んでくるな」

修復の前段階として武器の調子を確認できるということなのか、マロンの様子が手に取るように分かった。

当然だが、これまでは武器の状態は目視で点検していた。熟練の職人であればそれで深いところまで理解できるんだろうが、俺はまだまだ修行中の身。思わぬ不調に気付かないこともままあったが、これがあれば【精霊剣】であっても修復は完璧に行えそうだ。

改めてマロンの状態を確認する。刃こぼれや曲がりはないようだが、先日【聖剣】と打ち合ったことで肉体的ならぬ金属的な疲労が溜まっているらしかった。まだ余裕はあるが、このまま【聖剣】クラスの力を受け続ければそのうち破損してしまうかもしれない。

「そっか、マロンも頑張ってくれたもんな。疲れて当然だよな」

いつもありがとう、という意味を込めて剣身を優しく撫でると、マロンから「ひゃうっ!?」っと高い声が漏れた。

「……マロン？」

「す、すみません。少しくすぐったくて……」

「あ、ああ。悪かったよ」

……なんだろう。今のマロンの声が少し艶《つや》っぽくて、傍目《はため》からは剣を撫でただけなのに、妙な気分になりそうだった。

いやいや、別に女の子に乱暴したわけでもないってのに、何を考えてるんだ。

意識するから変に思えてくるだけで、あくまで健全な、武器の点検に過ぎないんだから。

「……じ～っ」

しかしチョコはそうは思ってくれていなさそうだった。

彼女は物陰から目を細めて俺を見つめていた。視線に気付いて、恐る恐る話しかけてみる。

「チョ、チョコ。どうしたんだ？　風呂に入ってたんじゃなかったのか？」

「……お風呂から出たら変な声がしたから来てみたら、ラルドとマロンがいちゃついてた。……ずるい」

チョコはそう言って、こちらへと駆けてきた。

風呂上がりの良い匂いが鼻孔をくすぐる。精霊とはいえ武器だと分かっているのに、妙にドキドキしてしまう。

チョコはまだしっとり湿った頭を、ねだるように俺に預けてきた。

「チョコも撫でて？　でないと、ミアに今のこと言っちゃう」

「分かった、また誤解を招いて大変なことになってしまうから、それは勘弁してほしい」

苦笑しながらチョコの頭を撫でつつ、試しにウィンドウの『修復』を押してみる。

するとチョコの状態も、すぐに手に取るように分かった。

どうやら、武器の形態に変身せずとも精霊少女の状態でも『修復』は効果を発揮するらしい。

「チョコは遠距離武器のブラッククロスボウだからか、あまり消耗してないみたいだな。要修復箇所も特にはなし、と」

「……？」

チョコは首を傾げていたが、頭を撫で続けると気持ち良さが勝ったのかすぐに目を瞑った。

こうしていると小さな女の子を愛《め》でているだけなんだが、これも立派に武器の手入れをしているということなんだから、改めて不思議な光景だと思う。

【精霊剣】も【精霊剣職人】のスキルも、まだまだ分からないことだらけだ。

「そういえば、わざわざ『修復』って書いてあるんだから、マロンの疲労を回復させる方法とかないのか？」

ただ表示するだけなら新しい行動が取れるようになったとは言えない。マロンもチョコも、ただ撫でているだけで武器の整備ができるとは思えないし……。

そのままウィンドウ内をあれこれと弄って調べていくと、ウィンドウに武器の修復方法が表示された。

どうやら通常の武器やアーティファクトの類《たぐい》は、スキルで作った炉に入れれば直ってしまうらしい。改めて打ち直したり、長い時間をかけて研いだりする必要がないのはありがたい。

それから肝心の【精霊剣】の整備方法は、通常通り炉に入れる他に……。

「精霊を……マッサージ!?　いや冗談だろこれ!?」

思わず、口に出してしまった。

どうやら武器の姿から精霊の姿に変身させ、その上で手に魔力を込めて全身をほぐせば疲労が抜けるという寸法らしい。

どうして精霊少女の肉体を揉みほぐすことで、金属の塊である武器の状態からも疲労が抜けるのかは理解できない。

……説明文を見れば、精霊状態でのコンディションがそのまま武器状態にも直結するから、とかいう理由のようだ。

加えて、武器状態で硬い金属部分を熱したり叩いたりして調子を整えるより、精霊の柔らかな肉体がある状態で体をほぐした方が効率もいい……らしい。

らしいと言うかそう書いてはあるのだが、本当か？　と半信半疑だ。

このスキルの説明文を作った誰かも、本気でこんなことが可能なのか、ちょっと困惑しながら書いているんじゃないだろうか……と思わされるほど、突飛な内容だった。

「……ま、まあ、物は試しって言うしな……」

チョコには疲労が溜まっていないので、マッサージの必要はない。

となると、

「マロン、ちょっと試したいんだけど……」

マロンの疲労をそのままにもしておけないので、ウィンドウを見せて事情を説明してから、寝室のベッドへ移動した。

――うう。なんかこれって、不健全な匂いがプンプンしてくるな……。

万が一でもこんな光景をミアに見られたら、うるさく言われるだけじゃ済まなさそうだ。

ベッドの上にうつ伏せになったマロンの細い体に手をやる。それからウィンドウの指示に従い、恐る恐る揉んでいく……のだが。

「うっ、くぅっ……ご、ご主人さま。そこは……っ!!」

――なんだこれ。……いや!?　ホントに!?　なんだよこれ!?

誓って言うがいかがわしいことをしたいわけじゃない。俺はただ、武器を手入れしたいだけなんだ。

それなのに精霊状態のマロンはただでさえ可愛い少女の外見をしている上、出す声も普段より数割増しで艶っぽくなり、なんだかイケナイことをしている気分になってきた。

武器の手入れでマッサージとか意味不明もいいところなのに、それに輪をかけてこの雰囲気ときたら！

マロンの声が気になったのか、寄ってきたチョコが「気持ち良さそう、次チョコもね」とせがんできて、いよいよまずいかもしれない。

マロンはまだしも、より幼いチョコに同じようなことをすれば、絵面的に犯罪になりやしないか、それは。

「……で、でもこれでマロンたちの疲労が抜けるなら安いもんだ。普段から頑張ってもらっているんだし、これくらいは……っ！」

「ご、ご主人さま……っ！」

俺は自分の顔が熱くなるのを感じながら、ただひたすらに【精霊剣職人】スキルのウィンドウの指示に従いマロンの体をほぐしていった。

……なお、この後。

あのマッサージがミアにバレるとそれこそどう誤解されるか未知数なので、頼むから誰にも言わないでくれと二人に頼み込み、約束してもらったのだった。

こうして、疲れに疲れた一日はようやく終わった。

――人生、なんだかよく分からない経験もするもんだな……。

最後にそれだけ思って、疲れた体をベッドに横たえた。


「ふむ、今日も中々繁盛しているようで何よりだな」

「おっ、サフィアか」

あの決闘と誤解、そして魔のマッサージがあった日から、数日後。

あれ以来何かと店へ来ることが多くなったサフィアは、仕事終わりなのか、今日も店に顔を出していた。

彼女の言葉通り、この数日でお客はさらに増えた。その中にはギルドの備蓄武器として大量に買われるケースもあったので、売り上げの方も上々なのだ。

「サフィアが色んなギルドの人たちに店を紹介してくれたお陰で、またお客さんが増えたよ。S級冒険者様様《さまさま》ってやつかな」

サフィアは冒険者の中でも最高峰のS級冒険者にして、街にたった五人しかいない【聖剣】所持者だ。

冒険者の中では有名人らしく、誰もが彼女の活躍を知っていた。

そんな大物の紹介があったからか、皆、アーティファクトではない武器だからといって侮ることもせず、きちんと信頼の上で店へ来てくれていた。

今思えば、少しばかり危険を冒してでもあの勝負を受けて本当に良かった。そして、マロンとチョコにも感謝しなければならないだろう。

「それは何よりだ。わたしも皆に紹介した甲斐があったというものだが……ん、アーティファクトの修理だと？」

「ああ、これな」

サフィアはカウンターの張り紙を見て、目を丸くしていた。

「【精霊剣職人】スキルのレベルが上がったから最近始めてみたんだ」

そう、【精霊剣職人】スキルのレベルが上がって『修復』の文字が表示された際、アーティファクトの『修復』についても表示されていた。

そんなことが【武器職人】スキルでできるとは聞いたことがないので、半信半疑でやってみたところ……できてしまったのだ。

試しに知人から古くてボロボロになり、もう機能を果たしていない武器型アーティファクトを譲り受け、炉に放り込んでみた。

すると刃こぼれも内部の魔力機構も、放り込んで数日経てば元通りといった寸法だったのだ。

これはもしやアーティファクトを扱う中級冒険者たちも店に呼び込めるのでは、と思って始めてみたサービスなのだが……その目論見《もくろみ》は大当たりであった。

皆、アーティファクトの消耗には困っていたのだろうか。

「なるほど、こんなことを始めたから、これだけの冒険者たちがこの店に出入りしているのか。道理でそれなりに名のある者も見かけると思ったよ」

「おかげ様で繁盛してるよ。実際アーティファクトの修理の方は、もう結構予約も入ってて。俺も新規層の取り込みを頑張っているんだ」

世の【武器職人】も、新米以上の冒険者を取り込めなければ死活問題だろう。もしスキルの進化と併せてこのやり方が広まれば、もしかすると不遇職という汚名も返上できるかもしれない。

「……しかしアーティファクトの修理とは、またとんでもないことを始めたな」

「ん、何か問題でも?」

何気なく尋ねると、サフィアは呆れ気味に笑った。

「普通、アーティファクトは壊れたら使い捨てる物だ。数千年前の遺跡から発掘されるアーティファクトは、製造方法どころか修理の手法すら解明されていない。それが可能な者など、聞いたこともなかった」

「なっ、そうなのか⁉」

実を言えば、それは知らなかった。

自分で武器を作る仕事柄、遺跡で発掘される完成品であるアーティファクトについてはあまり明るくない。

だからアーティファクトが普通、修理できない物だとは初めて知った。

自身のスキルの可能性に驚愕していると、サフィアは言った。

「あなたの【精霊剣職人】スキル、それは我々が思っている以上の代物なのかもしれない。特に……これはわたしの憶測だが、太古の昔に【聖剣】を作った者も、あなたと似たようなスキルを持っていたのではないかとも思う」

「【聖剣】の製作者が？　……それは流石に飛躍しすぎじゃないか。俺のスキルなんて、きっとそんな大層なものじゃ……」

「そんなことはないさ。現にあなたの作った【精霊剣】は、わたしの【聖剣】をも魔力の出力という点では凌駕《りょうが》していた」

……言われてみれば、マロンもかつてこう言っていた気がする。

アーティファクトの【聖剣】も、元を辿れば太古の【精霊剣】なのだと。であれば、サフィアの話も、あながち間違っていないのかもしれない。

まだまだ謎だらけの【精霊剣職人】スキル。それがあの【聖剣】に繋がるかもしれないと知った俺の心は、少しばかり浮き立っていた。

「しかしまぁ、アーティファクトを修理できるということは、わたしの【聖剣】も直せるということ。わたしの戦い方と性質上、ラプテリウスを酷使する場面は実に多い。いつ壊れるとも分からない、不安を抱えたまま戦っていたのは事実だ。万が一の時は、どうかあなたに修理を頼みたい」

「それは勿論。友達の頼みなら、お安い御用だよ」

そう言うと、サフィアはきょとんとした表情になった。

あれ、何かおかしなことでも口走ってしまったか。

「……どうかしたのか？」

「いや。……そうか、友達か。あなたとの関係は同業者でもなければ、取引先の人間と言うにも少し砕け過ぎていた。だからどう表したらいいものかと思っていたのだが……友達か」

サフィアはどこか嬉しげな表情になって、うんうんと頷いていた。

そんなサフィアの様子に、思わず笑いがこぼれた。

「ああ、俺たちはもう友達だ。だから持ちつ持たれつで行こう」

泣く子も黙るS級冒険者なのに、ずいぶんと可愛いことを気にするものだ、と内心で思ったのは内緒にしておく。

それに俺も友達が増えたことは、素直に嬉しかった。

「分かった。……ふふ、仕事帰りにこうして誰かと気軽に話せるのも悪くないな。今まで仕事終わりといえば同業者と冒険の話ばかりだったから、本当に新鮮だ。……また、訪ねてきてもいいだろうか？」

「勿論、気軽に来てよ。忙しくなかったらお茶も出せるからさ」

そう伝えると、サフィアは満足げな表情で頷いてくれた。

四章　モーニングスターの精霊

「ラルド、ラルド」

「ん、どうしたチョコ」

ある日の夕食後。

チョコは俺に張り付いてきながら、いつも通りの舌足らずな声で言った。

「チョコ、妹が欲しいの」

一瞬「んんっ!?」と固まったが、チョコが何を言いたいのかはすぐに分かった。

もう彼女たちのノリにも慣れた……気がする。

「もしかして、新しく【精霊剣】を増やしてほしいってことかい?」

「うん」

チョコはこくりと頷いた。

良かった、予想はちゃんと当たっていた。断じて他に、何かいかがわしいことを想像したわけじゃない。

「できればチョコよりちっちゃな子がいい、妹だから」

「そう言われてもなぁ……」

これは意外と難しいオーダーだ。

俺自身、【精霊剣】となった武器にどんな精霊が宿るのか分からない。たとえばブロンズソードには、小柄だがそこそこにスタイルのいい少女が。ブラッククロスボウにはあからさまに幼い少女が宿った。

武器種の印象や効果から、その精霊の姿を推測することは難しい。ブラッククロスボウより小さな武器を使えばいいのだろうか？　その場合、オーダーとは違う精霊が宿る可能性は大いにある。

なので彼女の言葉には、なんとも答えにくかった。

「ですが、新しい【精霊剣】を増やすというのもいいかと思います。ご主人さまの【精霊剣職人】としてのレベルも上がって魔力量も増えているように思えますし、三本目の【精霊剣】を作成しても、いい精霊が宿るかと」

茶を飲みながら話を聞いていたマロンも、【精霊剣】を増やすことには賛成らしかった。

ちなみに、これまでむやみに【精霊剣】を作れなかった理由だが、マロンやチョコたちに常に俺の魔力を分け与えているのが原因だ。でないとマロンたち【精霊剣】は、精霊の姿を保てず武器の姿に戻ってしまうのだとか。

作り手の魔力が十分に与えられて初めて、精霊たちは安定した活動ができるらしい。だからこそ、今まで【精霊剣】はマロンとチョコの二人だけに留めていた。

しかし魔力量の上限はスキルのレベルが上がれば上がるらしく、先日スキルが成長したことも考えると、三本目を作成することは可能に思えた。

「確かに俺の魔力も増えている気がするし、マロンがそう言うなら作ってもいいかもな。ついでに店も連日繁盛してるから、人手は多いに越したことはないし」

俺の言葉に、チョコ、そしてマロンも喜んでいた。

妹を欲しがったチョコだけでなく、マロンも新しい【精霊剣】の仲間ができることは嬉しいのだろう。

そうして喜んでもらえると、こっちまで嬉しくなる。

「ならどの武器を【精霊剣】にしようかって話なんだけど……」

店に移動し、中をぐるりと見回す。

【精霊剣】の精霊は武器種ごとの概念が形を得た存在なので、既に【精霊剣】にした武器種を再度【精霊剣】にはできないと前にマロンから聞いている。

だから選択肢は、ブロンズソードとブラッククロスボウ以外の武器だ。

しかし大ぶりな武器は、チョコのオーダーである「妹」に反するかもしれない。

となると……。

「チョコ、この子がいいと思う」

迷っている俺の元に、チョコが一つの武器を持ってきた。

「おぉ、スカーレットモーニングスターか」

チョコが手に持っていたのは小ぶりなモーニングスターだった。

柄の先に短い鎖が付いていて、鉄球と繋がっている武器だ。製作に使った魔石素材によって、全体の色合いが緋色《ひいろ》になっているので、他のモーニングスターと区別するためにスカーレットモーニングスターと呼ばれている。

通常、重さと取り回しの難しさから敬遠されるモーニングスターだが、新米冒険者にも扱いやすいようにとスカーレットモーニングスターはこのサイズで作られている。

なるほど、チョコはこのサイズ感を気に入ったのかもしれなかった。

「モーニングスターですか、悪くないかと思います。わたしが切断系でチョコが遠距離攻撃系ときましたら、打撃系の【精霊剣】を作るのもバランスが良いかと」

「よし、じゃあ新しい【精霊剣】はこのモーニングスターに決定だな」

チョコからモーニングスターを受け取り、店の作業場へ向かった。

そしてスキルで炉を召喚し、その中へとモーニングスターを入れる。

……前から思っていたんだが、材料を放り込むだけで武器を作り出したり、精霊を宿して【精霊剣】にするこの炉はどんな仕組みなんだろうか。

どうやら自分で作った武器にしか精霊は宿らないらしいと、それだけは分かるものの、その詳細は不明だ。見た目は一般的な物とは少し形が変わっているだけの普通の炉なんだが……。

「……そもそもスキル自体が、神さまから与えられる特殊なものだし。その辺も神さまにしか分からないのかもな……おっ」

しばらくすると、炉からモーニングスターが出てきた。相変わらず見た目に変化はない。

だが、横を見ると、チョコが瞳を輝かせてそわそわした面持ちになっている。

普段の眠たげな様子が嘘のようだ。同じ【精霊剣】であれば、その変化が分かるのかもしれない。

チョコは小さな手で服を引っ張って急《せ》かしてくる。

「ラルド、早く早く」

「分かったから、少し待ってて。マロン、このスカーレットモーニングスターもちゃんと【精霊剣】になっているか？」

「はい。チョコの時と同様に大成功です」

マロンがにこりと微笑むのと同時に、手の中にあったモーニングスターが光を放った。

……それから、目の前にすとんと降り立ったのは、鮮やかな緋色の髪をした少女だった。

翡翠《ひすい》色の瞳も透き通っていて、マロンやチョコ同様に、整った可愛らしい容姿をしている。

ちなみに背はマロンより少し低いくらい。……しかし、

「……、…………」

チョコが無言で頬を膨らませ、そっぽを向いている。

うん、言いたいことは分かる。

モーニングスターの精霊は胸も大きいしスタイルもいいし、これはどう見ても妹ってよりお姉さんだ。

現れた精霊は俺を見つめて、蠱惑《こわく》的に微笑みながら言った。

「この精霊の姿では初めましてだ、マスター。妾《わらわ》は【精霊剣】スカーレットモーニングスター、マスターの敵を砕く牙として仕えよう。以後お見知り置きを」

「頼もしい自己紹介をありがとう、俺はラルド。それに精霊のマロンとチョコだ、これからよろし

くな」

本来の武器種名は大別するとモーニングスターなのだが、やはり世の中でスカーレットモーニングスターと呼ばれていれば、【精霊剣】の名前もそのようになるらしかった。

手を差し出すと、モーニングスターの精霊は明るい表情で俺の手を握り返してから、マロンとチョコを見比べた。

「ふむふむ、妾が三本目の【精霊剣】なのか。それにもう二人には名前が付いていると」

「流石に武器の名前そのままで呼ぶわけにもいかないから。ちなみに、なんて呼べばいい？」

聞くと、スカーレットモーニングスターの精霊はあっけらかんと答えた。

「それなら、プラムでいい。妾の髪も武器形態も似たような色だし、ちょうどいいと思うぞ」

「プラムか、分かったよ……っていうか」

今さらながらマロン、チョコ、プラムって三人とも食べ物の名前だ。

なんだか、ペットのような安直さがあって、人に付けるには少々考えが足りないと言われてしまうかもしれない。

逆に人間の名前に馴染みのない精霊だからこそ、あえてそう名乗っているのかもしれないけれど。

「考え方を変えれば、かえって親しみやすい名前でいいかもな」

そんなことを思いつつ、三本目の【精霊剣】プラムを迎えたのだった。

＊＊＊

「マスター、妾も冒険に行きたいぞ！　遺跡とか！」

プラムが現れてからしばらく経ったある時、店の定休日にて。

そう言われた時に感じたのは「ついに来たか」だった。

最近、店に来る冒険者たちの話を聞いてプラムが目を輝かせているのは知っていたので、そろそろそんなことを言い出すだろうなとは予想していたのだ。

「そう言われてもだな。俺は職業【武器職人】で冒険者じゃない。それに遺跡へ冒険だって？　あそこに立ち入るには冒険者ギルドの許可も必要だから、そもそも冒険者じゃない俺は入れないんだよ」

「許可が何か。マスターには【精霊剣】が三本も付いているのだぞ？　そこいらの冒険者よりは十分以上に戦えるではないか。マスターも男なら、そんな決まりごとよりロマンを求めるべきと進言するぞ。……その方が面白そうだし」

プラムは豊かな胸の前で腕を組んで、小さく頬を膨らませて拗ねていた。

それと進言とか言っていたが、その後の本音が小声とはいえダダ漏れである。

「どっちかと言えば、プラムは店番ってよりは外に出るタイプとは俺も思うけど。それでもせめて山とかにしないか？　そっちにも魔物はいるし、十分冒険っぽいことはできるさ」

「いんや、山には宝がないからダメだ〜っ！　金銀財宝にアーティファクトを求めて、遺跡で魔物や強敵と死闘を繰り広げ、その末に勝ち取るロマンを妾は語っていてだな……」

……こんな調子で、プラムが諦めずに食い下がってきていたところ、コンコン、と店の扉がノックされた。

今日は店が休みなので鍵を掛けていたのだが、誰か来たのだろうかと扉を開けた。

扉の前に立っていたのは、サフィアだった。

「ラルド、定休日にすまない。急ぎで頼みたい用事があるのだが、少しいいだろうか？」

サフィアは申し訳なさそうな声色でそう言ってきた。

そんな彼女の後ろから、ひょこりとミアが顔を出し、「ラルド兄さんこんにちは！」と元気な声で挨拶してきた。

それを見て、さしものプラムもひとまず静かになった。

「二人とも、今日はまたどうしたんだ。まだ午前中なのに」

普段二人が店に来るのは、仕事が終わる夕暮れ時だ。

なので午前から二人が顔を出すのは、だいぶ珍しいことではあった。

「それで用事っていうのは？」

「うむ……今日はちょうど店も休みで客もいないようなので、この場で単刀直入に言ってしまおうと思うのだが」

「ラルド兄さん、あたしたちと一緒に遺跡に来てくれないかな？」

「……遺跡？」

ミアの誘いを聞いた途端、プラムが「おおぉ～!!」と声を上げて瞳を輝かせた。

プラムにとっては渡りに船な展開なのだろうが、俺はただただ困惑していた。

えーと……遺跡って確か、冒険者以外は基本的に立ち入り禁止だったはずなのだが。

そんな場所に、一介の【武器職人】でしかない俺を同伴させようとする、冒険者ギルドの二人。

一体どういうことなのかと、俺はミアとサフィアから詳しい話を聞くのだった。


二人が店に訪ねてきて事情を説明し、渋る俺をプラムが熱のこもった説得で押し切り、ついでに面白がったマロンやチョコも乗っかってきて……数時間後。

ミアやサフィアの所属するギルド【風精の翼】の【魔術師】スキルを持つ冒険者の転移魔術によって、俺たちはとある遺跡の前まで来ていた。

場所はおおよそ、俺たちの街から東へ六つほど大山を越えた辺りなのだとか。普段ならまず来ることのない地域である。そもそも、素材収集のために街を出ることも、珍しいからだ。

遺跡の入り口は扉もなく、巨大な岩で構成された神殿のような造りになっていた。

堅く厳かな雰囲気から、大昔には祭事の場として利用されていたのかもしれない。

……岩の塊ながら、そんな感想を抱かせるような、どこか神秘的な様相だった。

「ここが例の遺跡か」

「その通り。半年ほど前に発見された第九七番遺跡ログレイア。ここが今日の目的地だ。まずは同行してくれたことに、心から感謝する」

会釈《えしゃく》してきたサフィアに、一応と思い訊いてみる。

「確認だけど、俺、本当に入っても大丈夫なんだよな？　アーティファクトの盗掘防止とかの理由もあって、冒険者以外で許可なく遺跡に入った奴は捕まるって噂だけど」

サフィアはこくりと頷いた。

「問題ない。今回に限ってはわたしがギルドマスターから直接、あなたを連れて遺跡に入る許可を得ている。わたしもS級冒険者の端くれ、その辺りの抜かりはない」

サフィアの力強い言葉で、俺の懸念《けねん》は払拭《ふっしょく》された。

「なら大丈夫か」

「もう、ラルド兄さんって結構心配性だよね」

「ほっとけ。……それで今回は、この遺跡の最奥部で未知のアーティファクトが見つかったから、回収を頼みたい、って話だったよな」

ミアとサフィアが店で頼んできたのはそれだ。

しかもこの遺跡の最奥で見つかったアーティファクトというのが……。

「【聖剣】……か」

そう、サフィアも使う【聖剣】の一種だというのだ。

本来であれば、【聖剣】が見つかれば大騒ぎになるのだが、まだサフィアたちを含めて一部の者しか知らないのと、回収しようにも最奥部は結界が張られていて普通には入れないらしい。だから、回収に来る者たちも諦めているのだ。

そこで前にサフィアの【聖剣】の結界を破った俺やマロンの力を借りたいというのが、二人の頼みであった。

「うむ、先ほど店で説明した通りだ。残念ながらわたしの【聖剣】ラプテリウスでは出力不足なのと、そもそも結界を破るような能力ではないのでな」

「それに【聖剣】って古代のトンデモ兵器だし、見つけた以上は放置できないから困り物なんだよね。大丈夫、道中はあたしたちがラルド兄さんを護衛するから。安心してね？」

自信たっぷりに言ったミアは、可愛らしくウィンクしてきた。

B級のミアとS級のサフィアが一緒なら、遺跡の中に限らずどこでも安心だとは思う。二人の力は折り紙付きだし、片方は【聖剣】持ちで、もう片方は大半の魔力攻撃を無効化できるのだ。

俺が心配しているのはむしろ別のことで……。

「これが遺跡なのですね、実物を見るのは初めてです」

「チョコ、早く入ってみたい」

「妾の腕の見せ場が遂に……！」

我が家の【精霊剣】たちは既に石造りの遺跡の入り口に立っていて、早くも中へ進んでいきそうだった。

ちなみにこの三人は俺の武器扱いとのことで、特に遺跡に立ち入る許可は必要ないとか。

……と言っても、俺が近くにいないと魔力供給が絶たれて三人は武器の姿に戻って動けなくなるので、許可の有無に限らず勝手に遺跡へは入れないのだが。

「ラルド。あなたの【精霊剣】たちはやる気も十分といった様子のようだし、もう進んでしまおうか？」

「そうしよう、早いに越したことはないと思うし」

サフィアに言われるまでもなく、そのつもりだった。

何故ならプラムが「まだ入らないのか、マスター!?」と視線で訴えてきていたからだ。

……このままでは、プラムが我慢できずに先へ進んで武器に戻りそうだ。

そんな気配を感じて、咳払いを一つ。

俺は【精霊剣】たちに「今回も頼むよ」と言ってから、共に遺跡の中へと入っていった。


遺跡に入ると、左右の壁には外から持ち込まれたと思《おぼ》しき松明《たいまつ》や魔石灯がついていて、明かりが十分確保されていた。俺たちは軽快に歩を進めていく。

遺跡は古代に造られた建造物で、既に放棄《ほうき》されているため道が荒れていることも多いのだが、探索の際にきちんと整備していく者がいれば、こうして苦もなく進めるのだ。

それに奥へ進んでいく道中、魔物もほぼ現れず、現れてもミアとサフィアが瞬殺していく有様だった。そんな様子を見て、プラムがまた頬を膨らませていた。

気付いた頃には二人の冒険者が斬りかかっているので、活躍できないのは無理もなかった。

「むぅ……妾のマスターとの初陣《ういじん》であるし、華々しく暴れてやろうと思ってたのにぃ……」

ぶーたれるプラムに、苦笑しながら説明する。

「遺跡最奥部の結界内にある【聖剣】を見つけられたってことは、逆に最奥部以外の場所はミアやサフィアたち冒険者が踏破《とうは》済みって話だからな。魔物もあらかた狩り尽くされた後なんだろう」

そう言うと、ミアが「ラルド兄さん、察しがいいね」と反応した。

「実際ラルド兄さんの言う通りで、この辺にはもうあまり魔物は出ないはずだよ。でなきゃあたしたちが護衛しているとはいえ、【武器職人】のラルド兄さんを、危なっかしくてこんな場所に呼べないもん」

「おいおい、ひどい言い草だな」

まあ、事実であるが。

いくらマロンたちが付いているとはいえ、俺自身は冒険者でもない普通の人間だ。どんな不意打ちを食らうかも分からない。

「くっ、妾の初の冒険が……！」

「まあまあ、落ち着いてくださいプラム。ご主人さまに危険が及ばないこと、それこそが、わたしたちが最も留意すべき点ではないですか」

「チョコも同感」

残念がっているプラムを、マロンとチョコがなだめていた。

ううむ。

やっぱりモーニングスターのプラム的にはガツン！　と魔物をぶっ飛ばしたかったのだろうか。

他の二人よりも大人びた外見をしているので、もう少し落ち着いた感じなのだと思っていたのだが、意外なほど豪快《ごうかい》で、子供らしくこだわる部分もあるようだ。

こうして見ると、外見はともかくとして、中身はチョコの妹っぽいとも言えなくもない。

……口にしたら怒りそうなので言わないが。

「さて、話もほどほどにして……そろそろ着くぞ。じきに結界も見えてくる」

サフィアがそう言ったすぐ後、俺たちは開けた地下空間に出た。

「おお、結構な広さだな……！」

遺跡の最奥部は、地下とは思えないほど広々としていた。

こうして入るのは初めてであったし、使われている建築技術も、俺にとってはまったく未知のものだ。

どうやったら数千年も崩れない地下空間を形成できるのか、見当もつかない。

過去に存在した超文明の産物、といった言葉が脳裏を過《よぎ》った。

そしてドーム状になっている空間のその中央に、光の正方形がある。その大きさは家三軒ほど。

目を凝らすと、その中に一振りの剣が浮いているのが見えた。

「なるほど。あれが【聖剣】と結界か……マロン！」

「承知しました、ご主人さま！」

マロンは【精霊剣】ブロンズソードへと変身し、手の中に収まった。

瞬時にマロンが結界を分析し、結果を伝えてきてくれる。

「ご主人さま、この結界の起点を発見しました。そこを叩けば、この結界も崩れ去るかと」

確か、以前にマロンがサフィアの【聖剣】が放つ結界を破壊した時も、その起点を魔力で押し潰したはずだ。今回も同じ方法で破壊するのだろう。

マロンの指示に従い、結界の起点だという箇所へと移動した。

ぱっと見では判断がつかないが、意識を集中させてよくよく感じ取ろうとしてみれば、確かにそこだけ集まった魔力が他よりも濃かった。

ここを破壊することで、効率的に結界を破壊できるという寸法か。

「マロン、身体強化を」

「了解です！」

マロンの力で体を強化してもらうと、途端に体が軽くなった。

ブロンズソードを握る手にこもる力が増していく。

起点を狙い、意識を集中して……一気に振り下ろす！

切っ先が結界の起点に接触した瞬間、マロンはさらに魔力を放って起点を破壊しにかかった。

先日、サフィアの【聖剣】ラプテリウスから展開された、超重力結界を破った時と同様だ。あれほどの力を真っ向から打ち破ったのだから、今回も容易く破れると思っていた。

……しかし、

「んなっ、硬い!?」

結界の起点には小さな傷が付いた程度で、破壊するまでには至らなかった。それどころか、強すぎる力は俺の体にも返ってきて、その衝撃で剣が弾かれ、たたらを踏まされてしまう。

鈍く痺れる手の中で、マロンがかちゃりと音を立てた。

「申し訳ございません、ご主人さま。わたしの魔力噴出でも破壊不能とは、この結界を作っている【聖剣】はどうやら防御特化型のようですね……」

ラプテリウスが重量操作に特化しているように、【聖剣】もそれぞれに特性が存在しているらしい。そして使い手がいなくても、その特性は【聖剣】が自身を守るように発現するようだ。

ううむ、それならどうするか……と悩んでいた時。

にやりと不敵な笑みを浮かべていたのは、誰あろうプラムだった。

「マスター、要はこの結界を破壊すればいいのだろう？　それなら妾が適任なのは自明の理！」

ようやく活躍の場を得たとばかりに、プラムはぐっと拳を握り詰め寄ってきた。

「自信ありか。それならプラム、【精霊剣】としての初仕事を一発頼む！」

「任されよ、マスター！」

プラムは赤い光を放って【精霊剣】スカーレットモーニングスターへと変化した。

俺は柄を持ち、鎖から伸びる緋色の鉄球を振り回す。十分にスピードが乗った鉄球を、思い切り振りかぶって結界に叩きつけた。

「ふっ！」

「この程度の結界など、妾の前では紙切れに等しい！」

プラムの勝ち誇るような叫びと共に、鉄球部分から赤い魔力が生じて小爆発が起こった。その際にプラムから感じた魔力は、瞬間的ながら先ほどマロンを全力で打ち下ろした際の数倍はあろうかというものだった。

そのまま鉄球は結界を叩き破り、その一部を粉々に粉砕して穴を開けてしまった。

起点を破壊された結界は、穴は開いたものの消えることなく残ったが、もはや中の【聖剣】は直接入って取りに行ける有様だった。

「こんなにあっさりと……」

思わず、驚嘆の声が漏れた。

今のを見るに、どうやらプラムの能力は鉄球炸裂時の魔力爆発らしかった。

瞬間的な破壊力だけなら、三人の【精霊剣】の中でもピカ一だろう。上手《うま》く当てることができれば、防ぎきれる者が存在するとは思えない。

まさかここまでやれるとは、と驚愕する他なかった。

そして件《くだん》の結界がプラムの力の前にあっさり砕けたのを見て、俺以上にミアとサフィアがぽかんとしていた。

「い、いくらラルド兄さんの【精霊剣】が凄いって言っても……」

「……【聖剣】を持つわたしでさえ匙《さじ》を投げた結界を、こうも簡単に破壊してしまうとは。ますます【武器職人】にしておくのが惜しく感じられるな……」

ミアとサフィアがそんなことを呟いている間に、体の小さなチョコがトテトテと走って結界に開いた穴に入り込み、【聖剣】を回収しに向かった。

そして鞘に収まっている【聖剣】を、持って戻ってきた。

とても最上位のアーティファクトとは思えない気軽さで、【聖剣】が俺に差し出される。

「ラルド、これ」

「ありがとうな、チョコ」

【聖剣】を受け取りながらよしよしと頭を撫でると、チョコは満足げに頬を緩めた。

それから未だ唖然とする二人に向き直り、【聖剣】を手にしたことを示した。

「よし、それじゃあ【聖剣】も回収できたしとっとと帰るか……って、うぉぉっ!?」

その時だった。いきなり地面が大きく揺れ、堪らずたじろいだ。

何事かと思った途端、最奥部の四方の壁が崩れて砂煙が上がった。

そのまま砂煙の中を凝視していると、重量感のある足音を引き連れ、中から巨大な人型が四体現れた。

一見して、磨き抜かれた巨大な鎧が動いているかのようだった。

また、その体表が放つ輝きには覚えがある。何故ならそれは、サフィアが纏う鎧と同様のものだったからだ。

俺たち【武器職人】にとっては憧れでもある遺跡産の超高級素材……ミスリルだ。

「ミスリルのゴーレム……!? やっぱり出てきた!」

ミアが慄《おのの》くが、その言葉に引っ掛かりを覚えた。

「……ん、やっぱりって?」

訊くと、ミアは「あはは」と苦笑い気味に答えた。

「ええっと、【聖剣】ってアーティファクトの中で最上位の物で、遺跡の至宝とも呼ばれるくらいなんだよね。だから回収すると、大体はこうやって遺跡の防御機能が働いて、ドラゴンとかゴーレムが出たりするの」

「遺跡の防御機能か……そういう大切なことは先に言っておいてくれよ」

「あはは、ごめんごめん。【聖剣】の回収に夢中になっててちょっと忘れちゃってた」

「あのなあ……」

　思わず呆れてしまったが、俺も俺で遺跡に入った経験はなかったので、その辺りは全然知らなかったし考えもしなかった。

　――というか今、ドラゴンも出るって言わなかったか。

　ドラゴンといえば魔物の中でも頂点に君臨する種だ。そんなものと同列の扱いで出てくるってことは……あのゴーレムの強さも相当なのだろうか。

　もしそうなると、俺たちの力でどうにかなるのか？

　……と、ミアと話しながら考えていた、その最中だった。

「押し潰せ、ラプテリウス！」

　サフィアが叫びと共に【聖剣】を振るって、四体のゴーレムを超重力結界の中に閉じ込めていた。

　結界の中に閉じ込められたゴーレムたちに、剛腕を振るう隙も逃げる隙も与えない早業《はやわざ》だった。

　それから超重力結界の名に恥じない力によって、ドラゴン並みの強さだったと思しきミスリル製のゴーレムたちを次々に圧壊させてしまった。

　砕けたゴーレムの体が、砂煙を上げて次々に落下していく。

「お、おお。流石にS級、ドラゴンクラスの敵でも秒殺か……」

「今回わたしはあなたの護衛だからな。【聖剣】回収以外では手を煩わせないとも」

サフィアは得意げに言って、自身の【聖剣】を鞘に収めた。

これはまた、なんと頼もしい友人だろうか。

かくして俺と【精霊剣】たちの、初めての遺跡探索は終わった。

俺たちは無事に来た道を戻って遺跡を出て、転移魔術によって街まで帰ったのだった。

……なお、プラムが不完全燃焼気味で、少し不服そうだったのは言うまでもない。

＊＊＊

【聖剣】を回収した翌日。

店に来たミアとサフィアから、突然、ぎっしりと金貨の詰まった袋を渡された。

困惑しながら、二人に問う。

「えーっと、この大金は？」

「これ、ラルド兄さんや精霊たちが【聖剣】を回収してくれたことへのお礼だよ？　あっ、勿論ギルドから出たお金だから安心してね」

ミアがあっけらかんと言いつつ、証明のつもりかギルドマスターからの書状なども手渡してきた。

……なるほど、確かにこの大金はギルドから出た報酬金らしかった。

「でもこれ、店の儲けの何ヶ月分だ……!?」

正直言って、これほどのまとまった金貨は見たことがない。店が好調とはいえ食うに困らない程度で満足していたし、そもそも【武器職人】はそこまでどかどかと稼げる職業でもない。

中々恐ろしい金額を渡されて慄いていると、サフィアが言った。

「そう恐々《きょうきょう》とすることもない。あなたのおかげで、我がギルドは新たな【聖剣】を確保できた。【聖剣】回収はギルドの所属を問わず、基本的に早い者勝ちだから、泥沼の奪い合いになることだって珍しくない。あれだけの手際で【聖剣】回収ができたのだから、これくらいは当然だとも」

遺跡の至宝である【聖剣】を巡る人間模様にそんな裏側があったとは。

……夢が壊れるので、あまり聞きたくなかったような。

さらに聞けば【聖剣】が増えればギルドの勢力図も変わってくるらしい。そして【聖剣】を多く所持しているギルドはそれだけの実力があるということで、国からの大きな依頼の数も増えたりするようだ。

サフィアの所持するラプテリウス然り、最上位アーティファクトである【聖剣】の名は伊達ではないらしかった。

「やっぱり【聖剣】って色んな意味で凄いんだな……。力にもお金にもなるってか」

袋いっぱいの金貨を見ながら呟くと、後ろから様子を窺っていた精霊たちが嬉々としていることに気付いた。

「ご主人さま、今夜はハンバーグを山盛りにしたいのですが構いませんか？」

「チョコはステーキがいい」

「妾はいつもよりちょっと良い酒を飲んでみたいぞ！」

武器だった頃はできなかった行動を好む精霊たちは、特に食事に対しては貪欲だった。

もし平凡な武器屋を営んでいた頃だったらこんな大金をそう使えなかったかもしれないが、今は彼女たちのおかげで経済的にも充実している。

こんな時くらいの贅沢は、許されて然るべきだろう。

「分かったよ。【聖剣】を回収できたのは皆のおかげだからな。今夜は、いつも以上にいい物を食べようか」

「おぉ……！　話が分かるマスターで妾は嬉しいぞっ！」

プラムは感極まったのか、ひしっと抱きついてきた。

……この子、小柄とはいえ出るとこは出ているんだから、自分の破壊力をもうちょっと理解すべきだと思う。

相手は武器で精霊なのだと頭では分かっていても、年頃の男としては、悶々《もんもん》とさせられてしまう状況だ。

それと何より……！

「むぅぅ……またそうやってわたしの前でぇ……」

恨めしげな声に視線をやると、ミアがジト目でむくれていた。

「……プラム、ちょっと一旦離れて……な？」

プラムもミアの不穏な空気を感じたのか、渋々といった様子で離れた。

そんな様子を見たサフィアは、

「ラルド、あなたは中々気が多いようだが、ミアの前ではもう少し気をつけるのだな。ミアはこう見えて嫉妬深いぞ？」

……何故かくすりと、おかしそうに微笑んでいた。

そう言われても、色々と不可抗力が働いているのだが。

確かに俺は【精霊剣】の主人だけど、やらせたくてやっているわけでもない。

「しかし何はともあれ、改めて礼を言わせてほしい。この度の【聖剣】回収の成功は、全てあなたの助力のおかげだ。本当に感謝している」

頭を下げるサフィアに、慌てて手を振った。

「いいって、サフィアやミアの頼みだったし。ほら、友達なんだから、持ちつ持たれつで行こうって、この前も言ったしさ？」

「ああ。……ああ、そうだったな」

嬉しげなサフィアに、俺もどこか温かな気持ちになった。

出会った当初、サフィアはお堅い女騎士風といった様子だったけれど、ここ最近はいくらか雰囲気が柔らかくなったような気がする。

こんな風に砕けた対応ができるようになったのはいい傾向か。

「……ん？」

「……じぃ～っ……」

ミアはサフィアにまでジト目を向けていた。そんなミアを見て、サフィアは何を思ったのかにやりと笑った。

「大丈夫だミア、わたしとラルドは多分そういうことにはならない」

「た、多分!?　多分じゃまずいですよサフィアさんーっ!?」

少しからかうようなサフィアの「多分」に、ミアはまた慌てて反応していた。

大袈裟《おおげさ》だなぁと苦笑しながら、俺はその様子を見守っていた。

五章　温泉街と闇ギルド

遺跡から【聖剣】を回収して、二週間と少しが経過した頃。

よく賑わうようになったうちの店は、特別に大きな事件が起こるでもなく、変わらぬ日々を過ごしていた。

今夜も売れた武器の補充分を作ろうと、閉店後に作業場へ入って【精霊剣職人】スキルを起動し、ウィンドウを開いていた。

すると、ひょこりとマロンが現れた。

「ご主人さま、こんな夜分まで働かれて大丈夫なのですか？　少し休まれてはいかがでしょうか？」

マロンは不安げな表情と声音でそう言った。

俺は彼女を安心させるべく微笑みかけてやる。

「いいや、大丈夫だよ。冒険者を目指していた頃に鍛えていたから、体力はそれなりにあるつもりだし。……それより、どうかしたのか？」

聞くと、マロンは一層憂《うれ》いを帯びた雰囲気となった……気がした。

「……わたしは、ご主人さまが心配なのです。最近お店が繁盛しているのはとても良いことですが、この前の定休日は遺跡へ行って休めなかったではありませんか。そしてその前の定休日は、武器の素材を仕入れに行くと言って遅くまで戻りませんでした。……先日ギルドからもらった報酬もあることですし、少しまとまったお休みを取られてはいかがですか？」

「まとまった休みか……」

言われてみれば、ここ最近はあまり休めていないかもしれない。

充実した日々が続いて特に疲れも感じなかったけれど、思い返せば体を酷使気味なのもまた事実だった。

昔から、興味のあることは根を詰めてでもとことんやりすぎる癖があったが、今回はマロンを心配させてしまっていたようだった。

「……チョコも心配。ラルド、ちょっと頑張りすぎな気がする」

「妾も【精霊剣】となって日が浅いものの、マスターが十分以上に働いているのは分かる。ここはマロンの言う通り、少しばかり休むのも良いと思うぞ？」

マロンに続いて、チョコやプラムも作業場へ入ってきて、マロンと同じようなことを口にした。

二人を見れば、チョコはいつも通り眠たげな表情ながら若干しょぼくれていて、プラムも腕を組んで困り顔といった様子だった。

皆、俺を心から心配しているようだ。

うーん、三人にここまで言われては、作業を強行する方が野暮《やぼ》だろうか。

武器の補充はそんなに時間もかからないし、今は急ぎの発注も受けていないから、少しくらい休んでも店の経営に影響は出ない。

ならば、彼女たちの気遣いはありがたく受け取っておくべきか。

「……よし、皆の気持ちはよーく分かったよ。少しまとまった休みを取ろっか。オーダーメイドの依頼も昨日で終えてあるし、ちょうどいいかもしれない」

　俺の言葉を聞いて、三人は目に見えてほっとしているようだった。そこまで心配させていたことに、主として若干反省する。

「聞き入れてもらえて安心しました。最悪、【精霊剣】三人がかりでご主人さまを眠らせ……いえ、多少強引にでも作業場から連れ出そうと……」

「三人がかりで……なんだって？」

「三人がかり」だとか、さらに「強引」という二文字から一瞬不穏なものを感じたけれど、気のせいだと思いたい。

　というか、三人とも最初からグルだったとは。

「それにただでさえご主人さまの【精霊剣職人】スキルは、ご主人さまの想像よりも多くの魔力を消費するものですから。もしこれ以上頑張られるつもりなら、意地でも休んでいただくつもりだったのです」

「それは悪かった。まあ、三人にこれ以上心配をかけるのも悪いから。ここは今後のためにもゆっくりと体を休めるさ。となると、一週間くらいは部屋でゴロゴロすることになるのかな」

　そう言ってみたところ、プラムが何か閃いたように口を開いた。

「そうだマスター、人間が体を休めるには温泉なるものが良いと聞いたぞ。ここはひとつ、湯治《とうじ》に行くというのは？」

「良い案ですね。ご主人さまにしっかりと疲れを癒やしていただくべく、温泉旅行というのもありかもしれません」

「チョコもいいと思う～」

プラムの言葉に、マロンとチョコが賛同した。

「温泉旅行か、面白いなそれ！」

俺もその案には興味が湧いた。

よく考えたら、最近は仕事ばかりで骨休めにも行っていなかったし、中々の名案かもしれない。

それから俺たちはすぐに向かう先を決め、明日の出発に備えて早めに床《とこ》につくことになった。

しかし……その日の夜更け。

「ラルド～」

「チ、チョコ？　どうかしたのか？」

「ラルドがちゃんと眠れるように、チョコが抱き枕になる」

ふと俺のベッドに潜り込んできたチョコが、そんなことを言い出した。

いやそこまでしなくてもと言いかけたが、これもチョコなりに俺の身を心配してくれているのだろう。

ここは快く受け入れるべきか……チョコの抱き心地は少し気になるところだし。

……いやいや、別に変な意味はない。ただなんとなく、精霊という存在に対しての興味が湧いただけと言うか……。

俺はありがたく、チョコの申し出を受けることにした。

「それじゃあ、一晩頼むな」

「ん、任せて」

隣に並んだチョコに手を回し、柔らかな体を抱き締めた。あまり強くしすぎると壊れてしまいそうなので恐る恐るであった。

体が小さいチョコは抱き心地もちょうど良く、温かくて甘い匂いがした。

チョコの方からも抱き付いてきたのを感じながら、腕の中のチョコの温かさもあって、すぐに寝入ってしまった。


……夢の中では何故か、チョコがお菓子のチョコレートをどか食いしていた。


「よいしょっと……」

看板を裏返して『CLOSED』としてから、店の扉に「しばらくお休みをいただきます」という旨の張り紙をした。

荷物の入った鞄を持ち、再度店の外側から戸締まりを確認。

再三のチェックが終わると、俺は三人に向き直った。

「よし、それじゃあ行こうか」

「はい、参りましょう」

待ってましたとばかりに笑顔を見せた三人を連れ立ち、歩き出した。

手近な駅馬車に乗り込み、街を出る。

思えば、三人と山や遺跡以外に、旅行に出るのは初めてのことだ。

馬車から見える景色には、三者三様に楽しげな反応を見せてくれていた。

「できればミアやサフィアも誘いたかったけど……街にいないし無理だよなぁ」

少し前、彼女たちが長期の依頼で街を留守にすると言っていたのを思い出す。

冒険者ならそういう仕事もままあるから、仕方はないのだが。

友人は多い方が旅も盛り上がるので、せっかくなら一緒にと考えていたのだが非常に残念だ。

そうこぼすと、くすりとマロンが笑って言った。

「良いではありませんか。ご主人さまとわたしたち【精霊剣】だけでゆっくりと話せる機会も、最近はあまりありませんでしたし」

「言われてみれば、そっか。閉店後も作業したりで、腰を落ち着けて話したことって少なかったかもな。ならせっかくだし、この旅は俺たち四人でちゃんと楽しもう」

そう言うと、窓の外の景色を眺めていたプラムが「うむうむ」と頷いた。

彼女は三人の中では一番の新参で、一緒に過ごした日もまだ浅い方だ。

わずかな違いとはいえ、もっと密に打ち解けることができればと思っている。

「妾もマスターと遠出できて嬉しいぞ。それに【精霊剣】は主との絆を深めると魔力の波長も合ってより強力になると言うし、戦力強化の意味でも非常に良いと思う」

「いや、俺はしがない【武器職人】だから戦力強化はさておきなんだが……。しかし絆を深めるとより強力にって、そうなのか？」

三人に訊くと、チョコが答えてくれた。

「そう、間違いない。現に昨日ラルドと一緒に寝たから、今のチョコは元気いっぱい」

「……んっ、そういうもんなのか……？」

一瞬納得しかけたが、起きた時にはチョコも熟睡していたし、単にぐっすり眠れたからって理由ではなかろうか。

しかし実際、いつもぐっすり眠っているはずのチョコは普段も眠そうだった。今は本人の言うように、眠たそうにしていない元気いっぱいな状態に思えるので、調子がいいのは本当らしい。

これからも添い寝をするかはさておき、絆を深めることで有益な効果が得られるのなら、どんどん行動に移すべきだろう。

「ええ、そういうものですご主人さま。ですからこの先も英気を養いつつ、わたしたちとの絆を深めるという意味で、色んな場所へ遊びに行くのが吉であるかと！」

「色んな場所へ、か。最近は店の稼ぎも良くて余裕もあるし、もっと検討するのも十分ありだな」

かく言う俺も、久しぶりの旅行で少しわくわくしている。

店でがむしゃらに頑張る毎日も充実していたが、こうしてゆっくり羽を伸ばすのも悪くないと感じている。

「ラルドは仕事に生き過ぎだから、もっと遊ばせるようにチョコも頑張る」

チョコは両手をぐっと胸元で握った。

決意も新たにといった雰囲気のチョコに、各々《おのおの》が微笑ましい表情を浮かべていた。やはり彼女が一番、皆の妹らしいところがあるかもしれない。

そんなこんなで持ち込んでいた菓子や軽食を楽しみながら、精霊たちと話し込んでいるうちに、いつの間にか目的地に近づいていたようだ。

気がつけば、周りの風景が草木ばかりのものから変わり、特徴的な木造の建物がちらほら見えるようになってきた。

「ご主人さま、そろそろ到着でしょうか？」

「みたいだな。窓の外から大門が見えるだろう？　あそこが今回の目的地だ」

そうして、馬車も次第にその大門へと近づいていき、その手前でゆっくりと停まった。

「ふぅ……日が暮れる前には着けたな」

「道中で魔物も現れなくて何よりでした」

皆と一緒に馬車から降りて、ぐっと背筋を伸ばす。ボキリベキリと全身の骨が大きな音を立て、すっきりとした。

ほぼ半日ほど座りっぱなしだったから、体中が凝ってしょうがない。

こちらを見て、チョコは何故かわなわなと震えている。

「ら、ラルド、今の音……」

……チョコ、怖がらないでくれ、別に骨とか折れてないから。

それから歩いて大門に入ると、チョコが歓声を上げた。

「人、いっぱい……！」

「ここが温泉街、ガイアナだ」

マロンとプラムも、物珍しそうに周囲を眺め回している。

ガイアナは、古くから観光地として有名な温泉街だ。

道の両脇には東方から伝えられたという様式の木造の旅館が並び、その造りの珍しさと、傷や疲れを癒すとされる湯の効果から多くの客で賑わっている。

自然と他の国の文化も持ち込まれて集まるので、ファラルナ街では見たことのない物で溢れていた。

「これがガイアナか。妾好みの活気に満ちた街だ！」

「美味しそうな物もいっぱい……！」

温泉に行こうと言い出したプラムが興味津々なのは勿論のこと、チョコは串焼きなどを売る露店に目移りしていた。

「散策するのは後にして、早めに宿を取ろう。まだ遅い時間帯じゃないし、今のうちにな」

三人の返事を聞いてから歩き出す。俺たちはそれから、ガイアナの中を連れ立って移動していった。

街中にいるのは冒険者から行商人、それに吟遊詩人《ぎんゆう》や、この街名物の芸者さんまで。

古今東西の人や物が入り乱れた様子で、歩いているだけで楽しくなってくる街並みだった。

そうやって歩いていると、その道中にて、
ぴたりと足を止めたマロンは、人混みの一角を見つめていた。

「あらっ、もしかして……？」

「マロン、どうかした？」

「いえ……同族に似た気配を感じたのですが、どうやら気のせいだったようです。それにここは人も多いですから、魔力の質が精霊に似た方もいるのでしょう」

「確かに周りに色んな種族がいるもんな。そういう人がいてもおかしくないか」

周囲を見れば俺のような人間は勿論、耳の長いエルフや低身長ながらがっしりとした体つきのドワーフ、それに獣耳の生えた獣人からリザードマンのような種族まで、幅広い職種だけでなく様々な種族の人たちで賑わっていた。

中には反目し合う種族も存在するのだが、この賑やかな街の明かりの中には、そんな不穏な空気は持ち込まれていないようだった。

それから、三人を連れてさらに温泉街の奥へと向かった。

実は以前にも、知り合いに会うためにガイアナには来たことがあって、その際に街の奥の方にある旅館に泊まったのだ。

そこが気に入ったので、また泊まろうと考えていた。

ガイアナの奥の方は閑静でゆったりとした雰囲気なので、ゆっくりするにはもってこいの穴場なのである。

目的の宿に着き、三人に紹介する。

「到着だ。ここなら静かに温泉にも入れるし、体を休めるにはちょうどいいと思うんだ」

「ええ、そうですね。ご主人さまの疲れを癒やすのにも、もってこいの環境です」

マロンにも同意をもらったところで、俺は以前に泊まったフウリン亭なる宿に入って部屋を取った。

趣《おもむき》のある部屋へ通され、荷物を置いた俺たちは、せっかく来たのだからとガイアナ散策へ出ることにした。


「あんちゃん、毎度ありー！」

そう言って品を手渡してきた露店の店主に、軽く会釈を返す。

ガイアナ散策中、小腹が空《す》いた俺たちは手頃な露店で串焼きを買って、少しばかり休んでいた。

人混みを避けて落ち着くために入った細い路地で、買った串焼きを精霊たちに渡していく。

そして一番に串焼きを受け取ったのは、ガイアナに来てから露店に興味津々といった様子のチョコだった。

「はむっ……美味《おい》しい！　ラルド、これ美味しい！」

「ああ、良かったな」

チョコは普段の眠たげな様子など嘘のように、快活な声を上げながら頬を緩ませて串焼きを頬張っていた。

マロンとプラムも美味しそうに串焼きを口に運んでいる傍ら、俺も串焼きを一口食べる。

――美味い！

タレの甘辛さが、疲れた体にもちょうどいい。

肉も大ぶりで、一本でも小腹を満たせる満足感があった。

今まではこうやって買い食いする機会もあまりなかったけれど、こうして皆と外で食べるのも悪くない。

きっとミアやサフィアのような冒険者たちは、依頼で出向いた先の街では仲間と一緒にこうして談笑しながら、その地の料理で腹を満たすこともあるのだろう。

もし冒険者をやっていたら、そういうこともあったのかもしれないが……。

しかし俺は冒険者になる代わりに、【武器職人】として成果を挙げて、その甲斐あって精霊たちに出会えた。

それから皆で店を上手く切り盛りして、紆余曲折を経て遺跡に行って冒険もできた。

それで今は、こうして笑い合っている。

「本当、世の中どうなるか分からないもんだな」

微笑しながらそう独りごちてから、串焼きを食べきった。

「ご主人さま、他の露店も見てみませんか？　ここで様々な味を覚えて帰れば、わたしが後で再現できるかもしれません」

「それは名案だ。妾はマロンの提案に乗るべきと思うぞ、マスター！」

プラムも串焼きを平らげてから、マロンの提案に大賛成していた。

ちなみに、俺もその提案には賛成だ。

何故なら、マロンの作る食事は美味いからだ。この味も覚えてくれるなら最高だろう。

それに、まだまだ食べ歩きしたい気分でもある。

「よし、それじゃあ他の露店も……」

見て回ろうか、と言いかけた時。

マロンが不意に、明後日《あさって》の方向へと首を向けていた。

一見人混みしかない場所をじっと見ているので、気になって尋ねた。

「マロン、どうかしたのか？」

神妙な面持ちのまま、マロンは言った。

「……またあの気配です。わたしたち精霊に似た、不思議な感じ……！」

マロンが目を見開いた。

気になって、マロンの見ている方を注視する。

すると、人混みの中を銀髪の少女が息を切らせて駆けていき、武装した男三人がその後を追いかけているのが見えた。

俺とマロンは顔を見合わせる。

「ご主人さま。間違いありません、あの子です！」

マロンがそう言ったちょうどその時、少女が追っ手らしい男を撒《ま》こうと、俺たちのいる細い路地に入り込んできた。

そしてこちらを見て、追っ手の仲間とでも思ったのか立ち止まって息を呑んでいた。

後ろからはガタイのいい男たちが迫ってくる。

「はっ、観念したかクソガキ。大人しく戻ってこい！」

やがて男たちが追いつき、少女に向けて拳をボキリと鳴らした。明らかに、穏当な雰囲気とは言いがたい。

それから男の一人が少女に向かって手を伸ばそうとしたが、その手を素早く振り払ったのは、とっさに飛び出したマロンだった。

「よしなさい、怯えているではありませんか！」

怒気を孕んだ声が男たちに浴びせられる。普段の温厚な様子からは考えられないほど、マロンは怒っていた。

だが、冒険者でもない少女の怒りの声程度で、男たちが怯むはずもなかった。

一体何が起きているんだ。そう思った時、男の袖から見える腕に、双頭《そうとう》の蛇が絡み合ったような紋章があるのが見えた。

俺はその紋章を見て、奴らの正体を悟った。

「こいつら、闇ギルドの【双頭のオロチ】か……！」

世の中にはミアやサフィアの所属する【風精の翼】のような国公認の冒険者ギルド以外に、非公認の闇ギルドと呼ばれる集団がある。

しかしその実態はギルドとは名ばかりのギャングのようで、暗殺に人身売買、稀少な魔物の密猟やアーティファクトの盗掘など裏の仕事をこなしていると聞く。

その上、【双頭のオロチ】は最近、活発化している人身売買の市場に深く関わっていると噂の闇ギルドだ。

……でもどうして、その闇ギルドがこの子を？　人身売買に使われるのは、主には見目麗しい純血のエルフや、労働力となりそうな身体能力の高い種族だ。

この子は確かにかなり整った顔立ちをしているが、それだけでこうまで血眼《ちまなこ》になって追い回す理由にはならないと思う。

そんな疑問を抱いていると、少女を後ろに庇いながら、マロンが言った。

「……ご主人さま。この子は半精霊……精霊とエルフのハーフです。わたしも初めて見ましたが、魔力の感じからして間違いないかと」

エルフと精霊の血を引く少女……なるほど、だからこの街に来た時マロンが同族かもと反応していたのか。

そんな稀少な種族であれば、何がなんでも手に入れたいと考えるのも頷ける。

ということは、だ。

「こりゃ真っ黒だな……！」

人攫《さら》いの現場に出くわしてしまうとは思わなかったが、見てしまったからには放っておけないし、あちらも放っておいてくれないだろう。

これはどうしたものか。あちらには穏便《おんびん》にお引き取り願いたい限りだが、もう既に手を出してしまっている状況だ。

こちらの思いとは真逆に、当然のことながら、マロンに邪魔をされた男が長剣を引き抜いて振りかぶった。

加えてその長剣は、魔力の雰囲気からしてアーティファクトの一種らしかった。

「何ごちゃごちゃ抜かしてやがる、テメェら！　邪魔すんならカタギだろうと容赦しねぇぞ‼」

「……っ！」

今のマロンは怯える少女を庇っていて、【精霊剣】ブロンズソードに変身することもできない。

このままだと、暴漢によって斬り伏せられてしまうのは自明の理だ。

――やむなしか。

「二人とも！」

「うん、チョコを使って」

「妾も助太刀《すけだち》するぞ！」

間髪入れずにクロスボウとモーニングスターに姿を変えたチョコとプラムが、俺の手に収まった。

あの男がアーティファクトでマロンや少女に斬りかかっている以上、こちらも手加減できる状況ではない。

「ふんっ！」

男の長剣に向かって、モーニングスターを振り抜いた。

男は剣術系スキル持ちなのか、アーティファクトの剣身から薄紫に輝く魔力が漏れ出している。

だが、それらのスキルを凌駕して余りある力が【精霊剣】には宿っている。

「どうせ盗掘品、砕かれても文句はないな！」

「んなっ、俺のアーティファクトが……」

【精霊剣】であるプラムの一撃をもろに受け、そこいらのアーティファクトが無事である道理はない。

アーティファクトはモーニングスターの鉄球部分が炸裂したことで、剣身から真っ二つになった。

「……ぐはぁっ……⁉」

同時に起こった魔力爆発によって男は建物の壁に叩きつけられ、昏倒《こんとう》した。

これで完全に、残った二人のターゲットも俺に移ったようだ。

「お前ら、俺たちを【双頭のオロチ】と知って邪魔するとはいい度胸だッ！」

「その肉、細切れにしてやらァ！」

仲間が倒されて激昂《げっこう》した闇ギルドの男二人が、それぞれ戦鎚《せんつい》と斧のアーティファクトを構えて迫りくる。

クロスボウを構えて、男たちの手前の地面を狙う。

俺が適当に狙ったとでも思ったのか、男たちは余裕ありげな表情を見せた。

「おいおい、一体どこを狙って……ぐぁ⁉」

引き金を引いた瞬間、【精霊剣】ブラッククロスボウの魔力矢が射出され、男たちの手前に大穴が穿たれた。

その絶大な威力は周囲に衝撃波をもたらし、付近にいた男たちは宙を舞って建物や地面に叩きつけられ、気絶した。

「……これでひとまず、全員倒したか」

チョコやプラムが精霊の姿に戻ってからマロンの方を振り向くと、銀髪の少女はぽかんとした様子でこちらを見つめていた。

「もう大丈夫だ。あいつらもしばらくは起きられないと思う」

そう言うと、少女は掠れた声で言った。

「あ、ありがとう、ございます……」

「あらっ」

不意に少女がふらりと倒れる。地面に倒れてしまう前にマロンが抱きかかえた時には、少女は目を閉じていた。

どうやら安堵感や疲労感で、眠ってしまったらしかった。

規則的な寝息に、こちらも安堵する。

軽く体を確かめても、特に大きな出血などは見られなかった。

「ひとまずこの子を連れて宿に戻ろう。あれだけ大きな音も出したし、野次馬に囲まれでもしたら面倒だ」

幸いなことに、今この路地には俺たち以外には誰もおらず、なおかつ薄暗くなっているので人目にもつきにくい。

だが、チョコの射撃音は相当に大きかったし、異変を感じた人がやってきてもおかしくない。

精霊たちが頷いたのを確認してから、少女を背におぶって素早く宿へと戻っていった。

——旅行に来たつもりが、また大変なことになってきたな……。

とはいえ、首を突っ込んだ以上は自分にできるだけのことはしたいと思う次第だった。

宿に連れ帰った少女は、朝方には目を覚ましてくれた。

闇ギルドの構成員に襲われた後、宿屋に少女を連れ帰ってから、俺は所用でガイアナの街を駆けていたのだが、宿へ戻った時には何事もなさそうで一安心した。

少女は起きたのと同時に「くぅ」とお腹を鳴らして赤面していたので、宿の女将《おかみ》さんに言って食事を用意してもらった。

……そして、現在。

「よく食べるなぁ……」

「はぐっ、むぐっ……」

うちの精霊三人もよく食べる方だと思っていたが、少女はその上をいっていた。

一体何日食べていなかったのかという勢いと、こんなに細い体のどこに入っていくのかという量に、ただただ圧倒されるのみだった。

「……ふぅ……」

最後に水を飲み干して落ち着いた少女に、マロンが言った。

「落ち着きましたか？　顔色も少し良くなっているようで何よりです」

少女は小さく頷いた。

「……その、助けてくださってありがとうございます。わたし、シルリアっていいます。あの、皆さんは一体……？」

「俺はラルド。それで手前からマロン、チョコ、プラムだ」

「それって食べ物の名前、じゃないんですよね？」

小首を傾げた少女……シルリアに、俺は苦笑した。

やはり普通の人には珍しく感じる名前か。

「少し風変わりだけど、偽名でもないから。その辺はあまり気にしないでほしい」

「……わ、分かりました」

シルリアはそれから、少し俯《うつむ》きがちに静かになった。

その間に彼女を改めて見れば、月明かりのような銀髪と整った容姿もあって、どこか幻想的な雰囲気があると思えた。

なるほど、エルフと精霊のハーフであること以外にも、この特別綺麗な容姿も狙われた理由の一つなのは間違いない。

そしてシルリアは、震える声音で言った。

「……何故、見ず知らずのわたしを助けてくれたんですか？」

シルリアは影のある表情で、話を続けた。

「ラルドさんもあの時、分かっていましたよね。わたしを追っているのは闇ギルドの【双頭のオロチ】だって。わたしは……幼い頃によその国から人攫いに遭い、数日前にやっとの思いで【双頭のオロチ】のアジトから逃げ出してきました。だから助けていただいたこと、とても感謝しています。……ですが、闇ギルドを相手取ってまでどうしてわたしを……？」

シルリアはそう言いながら、どこか怯えた表情を見せていた。

……もしかしたら「この後別の組織に売られるのかな」とか、そういったことを考えているのかもしれない。

敵対する闇ギルドの構成員同士であれば、そうしたこともままあるだろう。

シルリアの過去も重いようなので、そう思っても仕方がないかもしれないが。

「そりゃ、シルリアを助けた理由はマロンがとっさに庇ったからっていうのもあるけどさ。それにこう、シルリアが凄く困ってそうだったから。これは放っておけないなって、体が勝手に動いていたっていうのもある」

……今の俺は、幼い頃に夢見ていた冒険者じゃないけれど。

困っている誰かを助けたいって思いは、あの頃と変わらず持ち続けている。

だから困っているシルリアをとっさに助けたんだろうと、そう思っている。

「それにわたしも、あなたを放っておけませんでしたから。同じ精霊の力を持つ者同士ですから、ね？」

マロンがそう言うと、シルリアは目を見開いた。

「嘘……もしかしてマロンさん、精霊なんですか……？」

「ええ、わたしだけじゃなく、チョコもプラムも。ご主人さまの作った武器に宿る、武器の精霊です」

「……お母さん以外に、初めて見ました」

シルリアは信じられないといった面持ちだった。

「ん、シルリアはお母さんの方が精霊なのか」

「……？　精霊は女の人しかいないって、お母さんに聞きましたが……？」

怪訝《けげん》そうにシルリアに言われて、「えっ」と思わず声を漏らした。

「……マスターよ、妾たちと共にいながらそこを知らなかったのか」

プラムの呆れたような声。

「いや、プラムたちみたいな女の子の精霊を三人も呼び出せたのって、たまたまだと思っていたから……」

俺は気まずくなって、「あはは」と笑ってごまかしにかかった。

まさか精霊が女性ばかりだとは、思いもしなかったのだ。

けれどよく思い返せば、伝承やおとぎ話に出てくる精霊は、どれも見目麗しい女性だったなと思い出す。

……なるほど、その辺の話から考えても、確かに精霊は女性ばかりらしい。

それにマロンたちが武器の精霊とはいえ、人間の持つ概念から生まれた存在なら「精霊とは見目麗しい女性である」といった人々のイメージが、容姿に反映されていてもおかしくない。

うんうんと頷いて一人で納得していると、シルリアはくすりと微笑んだ。

「……ラルドさんって不思議な方ですね。あんなに強くて、精霊を三人も連れているのに、こうしていると柔らかで……」

「普通の人に見えますか？」

「はい、それでちょっと真面目そうです。……今まで見てきた強い人は、どことなく尖《とが》った雰囲気があったので」

そう言うシルリアは闇ギルドでのことを思い出しているのか、どこか沈痛そうな面持ちを浮かべていた。

そんな姿を見てか、チョコがシルリアの手をぎゅっと握った。

「今は大丈夫。ラルドが守ってくれる。……お人好《よ》しだから」

チョコのその言葉に、思わず噴き出した。

確かに守るには守るけれど、もう少し言い方ってものはなかったのだろうか。

「おいおいチョコ。それ、馬鹿にしているのか褒めているのか分かりにくいぞ」

「勿論、褒め言葉」

即答してこちらを見つめるチョコの瞳には、強い信頼があるように思えた。

どこか気恥ずかしくなって、少しだけ目を逸らした。

「……ま、まぁ、成り行きでも助けた以上は最後まで責任を持つさ。生活面とかも、心配しなくていい」

「生活面も……？　い、いやでも、わたしが一緒にいると【双頭のオロチ】の追っ手が来て、ラルドさんにもっとご迷惑を……」

シルリアが恐縮したようにそんなことを口にした時だった。

部屋のドアがコンコンとノックされ、聞き慣れた声が耳に届いた。

「ラルド、入ってもいいだろうか？」

「おっ、もう終わったのか……早いな」

ドアを開けると、そこには誰あろうサフィアとミアがいた。

二人の姿を見て、精霊たちも驚いた様子だった。

「あらっ、サフィアさんにミアさんではないですか。ご主人さま、これは……？」

訊いてきたマロンに答えた。

「俺、夜中に宿を留守にしていただろ？　あの時、知り合いのツテで周りに腕利きの冒険者がいないか探していたんだ」

実はこの街の正規ギルドには、仕事で知り合った友人がいる。

そして闇ギルドはどれもがお尋ね者集団であり、構成員を捕まえれば国から懸賞金が出る。正規ギルドには、闇ギルドを討つ義務があるのだ。

このままではいけないと、助力を求めて友人のいるこの街の冒険者ギルドに駆け込んだのだが……。

「まさかミアやサフィアたちが、この街に来ていたとは思ってもみなかったな」

「あたしの方こそ、ラルド兄さんとここで会うなんて意外すぎたもん」

なんとミアとサフィアが依頼帰りに湯で疲れを癒やそうとこのガイアナに来ていて、偶然出くわしたのだ。

どうやら二人が受けた長期の依頼というのは、この街の冒険者たちと合同で行うものであったらしい。

それから俺はすぐに、闇ギルドがこの街に潜んでいる旨や、シルリアが追われていた件をサフィアやこの街のギルドの人に伝えたのだが……その結果。

なんやかんやで数時間ほど前に、サフィアたち冒険者が「少女を襲うとは許せん！」「街中で暴れるとは見過ごせるか！」と、大挙してすっ飛んでいったのだ。

なお、その時は当然「俺も手を貸す」と言ったが「あなたは精霊と少女を守るべきだ、ここは本職のわたしたちが」とサフィアに諭され、宿へ戻ってきたのだ。

「でもミアとサフィアがここに来たってことは、もう全部済んだのか？」

サフィアが頷く。

「うむ。これでもS級の身、社会的信用もあるからな。事情を説明して街の衛兵にも出張ってもらって、他にもこの街の【感知】スキル持ちの冒険者も総動員して【双頭のオロチ】のアジトを突き止めてやった」

「奴ら、規模の方はそうでもなかったから。その後はサフィアさんが超重力結界で建物の外から不意打ちを仕掛けて、その隙に【抗魔力】で結界の影響を受けないあたしや一部の冒険者が中に突入したの。それで連中を無力化してから、全員捕縛って寸法だったよ」

以上が、サフィアとミアが語ってくれた事の顚末だった。

……いやはや、よその街から来た【聖剣】持ちのS級冒険者に不意打ちを食らうとは、【双頭のオロチ】の構成員も予想できなかったに違いない。

少しばかり同情しないでもないが、これに懲りたら二度と悪事など働かないよう、たっぷり牢の中で反省してほしいものだ。

「二人とも、本当にお疲れさま。休むためにガイアナに来ていたのに、わざわざ力を貸してくれて助かったよ」

「わたしとあなたはお互い持ちつ持たれつ、だっただろう？　この程度なら手を貸すとも」

「それにあたしだってラルド兄さんのためなら、いくらでも頑張るんだから！」

サフィアとミアは嫌な顔一つせず、そう言ってくれた。

二人には、改めて感謝しかなかった。

……そして、これで大きな問題は片付いたわけだ。

「シルリア。話の通りなら、君は晴れて自由の身になったみたいだけど、行くあてがないなら俺の方でしばらくは面倒をみようと思う。ちょうど精霊たちもいるし、不自由はさせないつもりだけど……どうだい？」

生活面で責任を持つとは、要はそういう話である。

……最近店が忙しいから人手が増えたらいいなぁとか、そんな理由もほんの少しだけあったりするが、精霊たちと同様にちゃんと給金は出すつもりだ。

俺の問いかけに、シルリアは呆気《あっけ》に取られた様子だったが、やがてか細い声で言った。

「は、はい……。あの、正直未だに信じがたいのですが、その……」

シルリアは俺やマロンの方を見て、はっきりと言った。

「わたしも半精霊ですから、ラルドさんやマロンさんたちが信用できるっていうのは直感的に分かります。なので……しばらくの間、どうかよろしくお願いしますっ！」

シルリアがぺこりとお辞儀をすると、マロンは「ええ、こちらこそよろしくお願いしますね」と微笑んだ。

……と、そんなこんなで予想外のドタバタはあったものの、闇ギルド事件は一晩で終結してしまった。

ひとまずこれでまた観光に戻れそうで、何よりだった。


ミアとサフィアは後始末や報告書が残っているからと、すぐに宿を出て行ってしまった。

夜中ずっと動き回っていたのに、二人とも眠気など感じさせない様子だった。

流石は現役の冒険者、女性とはいえすさまじい体力だ。

一方、俺は一晩中走り回っていた疲れを癒やすため、

「はあぁ～、生き返るぅ……」

念願の温泉に浸かっていた。

実は今泊まっている部屋、少し高いのだが、小さな露天の温泉が部屋に一つ付いている。

当然外からは見えないよう木々やら柵やらで上手く細工されているが、上を向けば一面の青空。

朝の爽やかな空気も相まって、最高のロケーションの中、風呂を堪能していた。

「疲れが湯に溶けていく感覚、最高だ……。後は勝手に体も綺麗になればいいのにな……」

「でしたら、これからお背中をお流ししましょうか？」

「ああ、是非……んっ!?」

……なんだろうか、聞こえちゃいけない声が聞こえた気が。

ゆっくりと首を後ろに回せば、そこには。

「お背中、流しに来ちゃいました」

タオルに身を包んではにかむ、マロンの姿があった。

こうして見ると、肌も綺麗で本当にスタイルもいいな……って違う違う。

そもそも「来ちゃいました」じゃなくて!?

「マ、マロン!?　一体いつの間に入って……!?」

家でもこんなハプニングは起きなかったので、本当に予想外もいいところだ。

あわあわしていると、マロンが寄り添うように密着してきて、言った。

「ご主人さまもお疲れだと思いましたので、わたしが癒やしに来ました」

マロンの顔は少し赤くなっていて、声も心なしか、普段よりも艶っぽい。

――ま、まずい。前の魔のマッサージの時みたく、変な気分になりそうだ……！

反射的に顔を逸らすと、マロンは唇を尖らせて、珍しく拗ねた様子で回り込んできた。

「ご主人さま……そんなに気に入りませんでしたか？　これでもわたし、少し勇気を出して来たのですけれど。それにご感想などもないのですか？」

「あ、えーと、肌とか真っ白で綺麗だ……って頼むそれ以上密着しないでくれ……！」

なんだ、この生殺し空間。

天国なのかそうじゃないのか、いまいち判別がつきにくい状況なのが妙に残念と言うか。

いや天国と判別するのもマズいような、地獄と感じるのももったいないような……。

——でもこれ、他の人に見られたら即地獄じゃないか？

——ああでも、年頃の男が女の子を侍らせて来た時点でそういう目で見られているかもしれないか。

——だったら別に、混浴くらい今さら構わないか……？

まとまらない思考にドギマギとしていると、

「あら、この岩の湯船もあまり広くはありませんから。肌が触れてしまうのも仕方がないかと」

マロンは少し茶化したようにくすりと笑い、そう言ってきた。

背後でどんな顔をしているか分からないが、マロンは少し間を空けてから話を続けた。

「……ご主人さま、昨夜は諸々ありがとうございました。今回の件、わたしがシルリアを庇ったことから始まったのに、わたしはほとんど何もできず……。ご主人さまを守る【精霊剣】なのに、不甲斐ない限りです」

謝ってきたマロンに、即座に首を横に振った。

「……いいや、そんなことない。寧《むし》ろマロンが真っ先にシルリアを庇ってくれて良かった。おかげでシルリアも怪我をせず済んだし。だから……」

……こういうのはあまり柄じゃないなと思いつつ、マロンの頭を撫でてみた。

真っ向から彼女を見ることはできないから、少しばかり無理な姿勢になってしまったけど。

「あまりそう、硬くならないでほしい。俺はマロンが悪いとか、そんなこと全然思っていないから。……それともしかして、この話がしたくて一緒の温泉に入ってきたとか？」

「……やっぱり、分かってしまいますよね？」

「あんなに神妙な声で切り出されたら、それは。でも大丈夫、騒動も大団円で解決したみたいだし。本当に気にすることないんだぞ？」

それにマロンの真っ先に誰かを庇えるような優しい性格は、とてもいいと思う。

マロンのこんな優しさや気遣いの心は、この世知辛い世の中では得難く、きっと出会いにくいものだと思うからだ。

彼女にはいつまでも、その心を大切にしてほしい。

「……さて、この話はもうおしまいだ。それで温泉を出たら皆で少し休んで、予定通りに観光と洒《しゃ》落《れ》込もう。皆で行けば、きっと楽しいさ」

「はい……そうですね。ご主人さま、ありがとうございます」

マロンは普段通り、輝くような笑顔を取り戻していた。

やっぱりマロンには、明るい笑顔がよく似合う。

……こんな風に、この場は一件落着したかに思えたものの。

温泉から上がったすぐ後で、やっぱり落着とはいかないオチが待っていた。

「ほう、マスター。朝からお楽しみだったか？」

「お楽しみって～？」

「いや待った、やましい行為は一切なかったぞ!?」

部屋で待ち構え、ニヤつきながら意味深げにマセた発言をしたプラムと、本気で分かっていないらしく小首を傾げたチョコ。

……この場にミアがいなくて、良かったかもしれない。

そう思うのは少し薄情な気もしたが……しかし、なんにせよ。

二人の誤解を解くのに苦心したのは、ここだけの話だ。


今さら改めて言うことでもないのだが、ここ温泉街ガイアナはそれなりに大きな街だ。俺が一晩中街を駆けていた辺りからも、それはなんとなく伝わっているだろうか。

本当に広い上に、結構入り組んだ造りになっているので、道に迷ってしまうことさえある。

ついでに俺はあまり土地勘があるわけでもないので、観光しようと言っておきながら名所にも詳しくない。

だから闇雲に歩き回っても、時間を無駄に食って終わってしまうだろう。

……そこで。

「ラルド、どこに向かっているの？」

横を歩くチョコに訊かれ、答えた。

「この街にいる知り合いのところ。冒険者ギルドだな」

分からないものを分からない者たちがどうにかしようとしても駄目だ。こういう時は、その街に住んでいる者に訊くのが手っ取り早い。

というわけなので、俺はこの街にいる友人から、観光名所について訊きに行くことにした。

それからそのまま観光に移れるように、精霊三人も連れてきている。

シルリアの方は疲れが出たのかまた眠ってしまったので、報告や後始末を終えて宿に戻ってきたミア、サフィアと一緒に休んでいる。

「何かあったら任せろって二人も言っていたし。あの二人なら大丈夫だろうな」

独りごちているうちに、目指していたものが見えてきた。

木々を組む独特な東洋の造りで、あちこちに狐の模様が彫られている一際大きな建物。

冒険者ギルド【妖狐《ようこ》の灯《ひ》】の本拠地である。

勢力的には【風精の翼】にも劣らないとされる、ガイアナ随一の冒険者ギルドだ。

「あいつはどうせこの時間から飲んだくれているだろうけど……おっ、いたいた」

ギルドに入って中を見れば、併設されている酒場の一角に、筋肉質な茶髪の青年が座っていた。

片手には大きなジョッキを持っていて、まだ外が明るいうちから、明らかに酒が入っている様子だった。

「よう、ジグル。また昼から酒か？」

そう言いながら近寄ると、青年……ジグルはこちらを向いて、赤らめた顔に人懐こい笑みを浮かべた。

「おぅ、ラルドじゃねーか！」

ジグルはジョッキの中身を一気飲みしてから、片手をひらひらと振った。

「そんな飲み方して、体壊すぞ」

「平気だよ。俺は酒にはめっぽう強いんでね」

ジグルは鬼族のハーフで、代謝も人間よりはるかに優れている。この程度の酒で潰れるほど弱くないのも確かだ。

「で、昨日の晩は闇ギルドからお嬢ちゃんを保護したってここに駆け込んできたけどよ。そのお嬢ちゃんは元気なのか？」

「今は疲れて寝ているけどな。でもミアやサフィアが一緒だから問題ない」

「ああ、あの【聖剣】持ちと【抗魔力】スキル持ちの二人が一緒ならな。遺跡に潜むドラゴンが出たって問題なさそうだぜ。そんでお前はお嬢ちゃんを無事助けられて、俺も闇ギルドを潰した懸賞金が入って、お互いいいことがあったっていうのは分かった。……でもよ」

ジグルは俺の後ろにいた精霊三人を指して、目を剥いた。

「おいラルド、このかわい子ちゃん三人組はどういうこった⁉　お前昨日助けた子は銀髪って話だったじゃねーか。……ケッ、まさかナンパで引っ掛けてきたってクチかァ？　この色男モドキめ!!」

先ほどまでの喜色から一転、一瞬にして見るからに不機嫌になったジグルに、困惑する他なかった。

「おいおい、何言ってんだよ、そんな真似しないさ。というかそもそも、ジグルだってこの前会った時に彼女いるって自慢してきただろうが」

少し攻勢に出ると、ジグルは卓に突っ伏しながら短く答えた。

「……別れた」

「……御愁傷《ごしゅうしょう》さま」

俺が女の子を連れていることに過剰反応した理由はそれか。

「ま、まあ前置きはこれくらいにしてだ、紹介するよ。マロンにチョコ、それにプラムだ。三人とも実は精霊で、今は俺の店を手伝ってくれているんだ」

「ご紹介に預かりました、マロンです」

「チョコー」

「妾がプラムだ。マスターの友人よ」

各々自己紹介した精霊三人を見て、ジグルは納得したように頷いた。

「精霊……なるほど精霊か。だから三人ともこんなに可愛いと。……でも精霊が【武器職人】を手伝うって、この子らは家事妖精《ブラウニー》ってわけでもないんだろ？　どれ、ちょっと見てみるか」

そう言いながら、ジグルは瞳に魔力を集めてスキルを行使した。

ジグルは剣士だが、持っているスキルは【魔眼】系のものだ。

中でもジグルの【魔眼】は見た相手の魔力の様子などから、その動きを先読みできるタイプのものである。

聞けば奇襲や斬り合いに回避まで、先読みのメリットは様々な面で活かされているとか。

そして能力の副次的なものとして、ジグルは見た相手の魔力の質を『色』として見ることができると言っていた。

ジグルはしばらく唸ってから「はぁ!?」と目を見開いた。

「なんだこの魔力量!?　三人とも【聖剣】並みだし、ちょっと見たことない魔力の色だ……虹色かこれ？　こんな色の魔力を持った精霊、見たことも聞いたこともないぞ」

ははぁ～と感心したような、半ば呆れたような微妙な声を漏らすジグル。

「三人ともちょっと特殊な精霊なんだよ。俺の武器も兼ねていてさ。……そろそろ本題に移りたいんだけど、構わないか？」

「あー、言いたいことは大体察したぞ。どうせその可愛い精霊たちとのデートコースをご所望とかだろ？」

ジグルから自信ありげに言われ、ある意味的を射られてしまった俺は「さて、どうだろな」と濁した。

ジグルは愉快そうに笑う。

「デートかどうかはさておき、この辺の観光名所とかを教えてほしくて。せっかくの旅行なのに、旅館にこもってばかりじゃ三人にも悪いからさ」

「やっぱしな。土地鑑のないお前のことだからそんなことだと思った。そういう話なら、ガイアナが地元の俺に聞きに来たのは正解だろうがよ……」

ジグルはふと、周囲の様子を窺ってから小声で耳打ちしてきた。

「……一応、街を歩くなら用心しておけよ？　昨日潰した【双頭のオロチ】の残党や関係者が、少なからずまだうろついているかもしれない。ミアやサフィアに守られている銀髪のお嬢ちゃんはともかく、お前がお礼参りに遭わないか心配だ」

「んっ、心配してくれているのか？」

聞くと、ジグルは笑い出した。

「ハハッ、するに決まってんだろ、その程度の人情は持ち合わせているっての。お前の武器には新米の頃よく世話になったし、わざわざこの街まで何度も届けてくれた恩も忘れちゃいない。……また何かあったら遠慮せずに頼ってくれ。これでも今はA級冒険者だ。ツテもそこそこあるし、昨晩みたく力にもなれる」

「ああ、また何かあったらよろしく頼むよ。それと昨日は改めて、ありがとうな」

「今さらかしこまるなよ、いいってことよ。それじゃお前も、せいぜい精霊三人を上手くエスコートしろよなァ」

ジグルはそれから、この街のことをあれこれと聞かせてくれた。

そして俺たちはジグルと別れ、【妖狐の灯】の建物を出たのだった。

ジグルに言われた名所をあちこち回ることしばらく。

巨大な木造の塔を登り、街の景色を楽しんだり、はたまた足湯に浸かって皆と一緒にのんびりしてみたり……。

夕暮れの中、俺たちは、流れ出た湯が浅く川のように流れる『白の河原《かわら》』と呼ばれる場所に来ていた。

「へぇ……白い湯の川か。また不思議な光景だな」

「それに温泉の不思議な匂いがします。硫黄《いおう》というのでしたっけ？」

近くで買った、温泉の蒸気で蒸したマンジュウという東洋の菓子をかじりながら、白く煙る浅瀬を眺めてみる。

湯の成分のせいか、周りの岩なんかも含めて一面真っ白であり、他の観光客もその光景を物珍しそうに見つめていた。

「凄い。雪でもないのに真っ白」

チョコもマンジュウをもぐもぐと頬張りながら、白の河原を眺めていた。

「ふむ、景色を楽しみながら菓子を齧《かじ》れるのも精霊になればこそだ。マスター、もう少し奥へ行ってもいいか？」

「構わないよ。宿の夕食の時間まではまだ時間はあるし、ちょっと進んでみよう」

俺たちは岩を伝って、浅瀬の上を移動していった。

チョコは意外な身軽さを発揮して、ひょいひょいと先へ進んでいく。

「ご主人さま、とても幻想的な風景ですね」

「幻想的か、言えているな。下から上る蒸気に一面白い岩って景色も、ここ以外じゃ見られないってジグルも言ってたし」

「ですね……それと少し、懐かしい感じがします」

「懐かしい？」

問いかけると、マロンは唇に手を当てて考え出した。

「はい。わたしも精霊になる前、ブロンズソードの『意識』や『概念』だった頃は、こんなふうに景色が白く霞《かす》んでいた気がします」

「あ、チョコもそんな気がする」

「ふむ……言われてみれば妾もそうかもだ」

マロンの言葉に、チョコやプラムも同意していた。

「やっぱり精霊になる前と後だと、感覚も変わってくるんだな。……っていうかさ、その武器の『意識』ってやつで思ったんだけど。同じ武器のアーティファクトにも、その『意識』とかって話せる程度にあるのかな？」

アーティファクトは様々な形があるが、概ね武器として使われている。

けれどアーティファクトの一種である【聖剣】は、経年劣化で意識も薄れているという話だったが、他のアーティファクトの中には比較的作られた年代が新しい物も存在するはずだ。

それならまだ会話できるのではと思い、興味本位で訊くと、三人とも首を横に振った。

「【聖剣】同様に、他のアーティファクトにも『意識』はほとんどなく、会話も難しいでしょう。太古の遺跡で永く眠っていた影響でしょうか、アーティファクトたちからは、もうほとんど明確な意思を感じませんね」

「だから【精霊剣】になれるのは基本、意識がはっきりしていて、ラルドの作れる現代の武器」

「それでいて、妾たちのように使い手が多い汎用的な武器だな。使い手の数ほど武器の母数も増え、精霊としての『意識』も拡張されて武器としての『概念』も強化されていく。……小難しいのであまり理解はしなくてもいいが、そんなところだ」

「つまり世の中の人が多く使っている現代の武器だけが、【精霊剣】になれる条件を満たしているのか。しかし元がありふれた武器って思えば……やっぱり【精霊剣】って本当に不思議だな」

改めて考えれば、武器に精霊が宿るというだけでも特大の超現象だ。

その上、元々がありふれた武器であるにもかかわらず、遺跡の至宝こと【聖剣】をも上回る魔力出力を【精霊剣】たちは叩き出せる。

「【精霊剣職人】ってスキルを他に持っている人がいれば、その人からまたノウハウとかスキルの秘密を教われただろうけど……そもそもそんな人、聞いたこともないしな」

そう呟くと、マロンが口を開いた。

「いいえ、そもそも【精霊剣職人】のスキルを持つのはご主人さまのみのはずです。もし【武器職人】スキルを持つ誰かがそのスキルを進化させたとしても、また別のスキルになるかと」

「……？　どうしてなんだ？」

進化というからには、そのスキルの効果が発展した上位のスキルになるはずだ。【武器職人】が【精霊剣】を作れるようになった、【精霊剣職人】のスキルに進化してもおかしな話ではないと思うんだが。

「スキルというもの自体、同じ種類に分類されていたとしても、個人個人によって細かな差異があるからです。そしてそれはスキルを進化させた際に、より顕著に尖った特徴となって現れます。……要するに、この世にはよく似たスキルはあれど、厳密には完全に同じスキルというものは存在しないということです。進化後のスキルであれば、特に」

マロンの話に「……そういうもんなのか」と頷いてみる。

よく考えてみればまったく突飛な話でもなかった。たとえば【魔眼】スキルで相手の魔力の質を探る時、ある人は魔力を色で見ると言うし、またある人は魔力の形が見えると言う。

俺のかつてのスキルである【武器職人】だって、普通は特殊な炉に素材を放り込めばブロンズソードができあがるというものではないらしい。

……マロンが言っているのは多分、そういう個々人ごとの差についての話なのだろう。

立ち止まって考え込んでいたら、手を握ってきたチョコが言った。

「だからラルドは、唯一無二の【精霊剣職人】。【精霊剣】を使って無双できる、唯一の人」

「無双って……そりゃ冒険者の仕事だよ」

いつも通りの眠たげな表情で、事も無げにチョコは言っていた。

確かに【精霊剣】たちはすさまじい力を持っているけれど、そんな荒事に進んで関わろうとは思えない。

【武器職人】として店をやっている以上、無双って言われてもあまりピンと来ないし。俺はこのまま皆と一緒にゆっくり過ごせればそれでいいさ」

精霊三人はくすりと笑った。

まるでそう言うのを最初から分かっていたような、そんな雰囲気だった。

「マスターが戦好きの男でないから、妾たちもこうして穏やかに過ごせている。妾はもっと冒険へ行きたい気持ちが少しあるが……まあいい。これから先もその調子で頼むぞ、マスター」

「それは勿論。俺は【武器職人】だし、転職でもしない限り変わらないよ」

こんな調子で話し込んでいたらいつの間にか日も暮れていた。

俺たちは『白の河原』散策を終え、宿へ戻っていった。

＊＊＊

闇ギルド騒動があったり、シルリアを保護してドタバタがあったり。

はたまた温泉に浸かったり精霊たちと観光したり、その後に合流したミアやサフィアともあちこち回ったり。

そんな風にのんびりした旅行もひと段落ついて、俺は家に戻ってきた。

今日からまた頑張るかと、朝から作業場に入ったのだが……。

「な……なんだこりゃ⁉」

目の前に、大量の武器素材と思しき何かがどっさりと積み上がっている。

特に金属類、ブロンズソードの主な素材となる魔力加工された特殊な銅や鋼などは、最早小山となっていた。

まだ寝ぼけてるのかな？　と自分の頬をつねってみるが、残念ながら夢ではないらしい。

「えーっと俺、こんなに素材発注したっけ？　てか、いつの間に運び込まれたんだ……⁉」

目の前の素材の山に呆気に取られていると、作業場にひょこりとシルリアが顔を覗かせた。

ガイアナで出会い、そのままうちに住むことになった彼女は、来た翌日だというのに俺よりも先に起きていたようだった。

「おはようございます、ラルドさん」

「あ、ああシルリア、おはよう。……ごめん、今ちょっと作業場が不思議なことになってて……」

「はい、助けていただいたお礼です！」

シルリアはにこりとしてそう言った。

「んっ……んっ？」

……一瞬、何を言われたのかと思考が止まった。

「お礼とは？」

「わたしの力でお店にあった武器素材を複製しました。とりあえずこの程度ですが、魔力が回復すればもっと複製することもできますよ！」

「……って、はい!?　これやったのシルリアか!?」

「はい、わたしもラルドさんのお役に立とうと思いまして、夜中にこっそり。少し驚きましたか？」

「少しどころか口から心臓飛び出るかと」

にこやかなシルリアに、俺は即答した。

そう、シルリアのサプライズは少しどころかかなり心臓に悪かった。

……買った覚えのない素材の多額の支払いについて肝を冷やしたって意味で。

酔ってした話を覚えていない前科がある俺には、悲しいことに、自分が迂闊《うかつ》なことをしていないという保証がなかった。

「しかし素材の複製ってどうやって……？　もしかしてシルリアのスキル？」

訊くと、シルリアは胸の辺りで腕を組んで「う～んと」と唸った。

「なんと言うか、わたしの力は人間のスキルとは違うものなんです。ほら、わたしって半精霊じゃないですか？　だからスキルは神さまからもらえなくて、代わりに精霊としての能力を生まれつき授かっていました」

「へえ、人型種族なら必ずしもスキルを授かるってわけじゃないのか」

「そのようです。そしてわたしが持っていた能力というのが、魔力を対価に、様々な物体を増やすものです。物体複製とでも呼べばいいんでしょうか。ともかくそんな感じの力です」

「結構ふわっとしているなぁ……」

「わたしが半精霊って中途半端な存在の上、人間のスキルとも違うので定義も難しくって。ついでに制御も難しいので、いつの間にかこんなに増やしちゃいました」

シルリアは「てへっ」と小さく舌を出した。

いや制御が難しいって、だからこんなに素材が積み上がっちゃったのか。

この子、見た目は本当にどこかのお姫さまかお嬢さまかと見紛うほどだけれど、中身は案外抜けているらしかった。

「……でも、シルリアのおかげでしばらく武器素材には困らなさそうだし。武器素材に費用がかからないなら、別の方向にお金をかけられるってもんか」

「それなら、この調子でもっともっと増やしちゃいますね！」

シルリアがまだまだ張り切りそうだったので、苦笑しながらたしなめた。

「その前に、少し加減を調整する練習もしよう、な？」

今現在、作業場の半分は武器素材で埋まっている状態だし。増やしてくれるのは嬉しいけど、このままでは作業するスペースがなくなってしまう。

積み上がったところにこれ以上増やされたら雪崩《なだれ》が起きかねないし、危険だ。

後でシルリアの能力制御について、マロン辺りに相談してみようか。

……ついでにこの子が闇ギルドに狙われていた理由って、もしやこのとんでも能力にあったのではないのかとも思えてきた。

魔力がある限り金属でもなんでも複製してしまえるのなら、単純に闇ギルドにとっては利用価値

が大きいだろう。

生きている限り半永久的な資金源にもなるし、武器だって貯蔵し放題になる。

シルリアの能力はあまり公言しない方がいいかもなと、考える次第だった。

＊＊＊

シルリアのおかげで武器素材が爆発的に増えてから数日。

あれからシルリアはマロンに能力制御の方法を教わっているらしく、店の休憩時間や夜間に修行をしている姿がしばしば見られるようになった。

マロン曰く、シルリアの能力の本質は「魔力そのものや魔力のこもった単純な物体を増やす」ことにあるらしい。

それを聞いて「だから魔力加工された金属素材が他より多めに増えていたのか」と納得していたのだが……。

「……今度は一体、何を増やしているんだ……？」

見れば作業場の端で、チョコとシルリアが何かを増やしていた。

また修行の一環だろうかと思って近づいたが、今シルリアが増やしていたのは俺もあまり馴染みがない見た目の素材だった。

「あ、ラルド。見て見て」

チョコがシルリアの力で増やしたと思しき金属片を差し出してきた。

それを受け取って、よく見てみる。

表面に虹色の光沢がある、特徴的な見た目の金属だ。

「どっかで見た気がするけど……チョコ、これなんなんだ？」

「ミスリルの破片」

「……は？」

思わず、喉奥から素《す》っ頓狂《とんきょう》な声が出た。

今、なんて？

「だから、ミスリルの破片」

チョコは話が伝わっていないと感じたらしく、首を傾げてそう言った。

「あ、ああ。なるほどそっかそっか、確かによく見れば………って！　ちょっと待ったあああああ!?」

自分の手の中にあるミスリルの破片を見て、目を剥いた。

いや、最近驚かされてばかりな気もするが、今回はそれらを一発で超える驚きだった。

「ちょっ、チョコ!?　一体いつの間にミスリルの破片なんて!?」

言いながら、はっと思い至った。

「そうか、この前サフィアがゴーレムを倒した時に……！」

【聖剣】を回収した時に現れたミスリルのゴーレムの破片。チョコは知らぬ間に、その一部を失敬していたのだろう。

だからどこかで見た気がしたのか。

「そう。サフィアもお土産で持って帰っても大丈夫って。だからチョコ、ちょっと拾ってきたの」

チョコは相変わらずマイペース気味にそう言った。

俺は【聖剣】を回収した高揚感とある理由から回収することは思いつかなかったのだが、チョコがちゃっかりしていたおかげでお目にかかれたと。

……ミスリルとは限られた遺跡からのみ発掘される、古代の稀少な金属である。

別名『神銀』とも呼ばれ、金属でありながら基本的に錆びることがない。

そして魔力を保持しやすく、さらに外部から魔力を通すと硬度が跳ね上がる特性を持つ。

もっと言えば、魔力で起動する【聖剣】などのアーティファクトの大半にはミスリルが使用されているとも聞く。

つまりこのミスリルとはアーティファクトを構成する重要素材の一つであるのだ。武器に加工されていない純粋なミスリル鋼は滅多に市場にも出回らないのだが……。

「ほとんど新品同然のミスリルがこんなに……。シルリア、こんな凄い素材も増やせるのか？」

半ば興奮気味に言うと、シルリアはぐっと両手でサムズアップした。

「ええ、修行の一環でチョコさんから借りたら増やせました！　ラルドさんがお望みならもっともっと増やせます……と言いたいところですが」

シルリアは肩を落として、小さく息を吐いた。

「すみません、このミスリルって素材は、どうも増やすのにわたしの魔力をたくさん食ってしまうようで。一日に風呂桶《おけ》二杯分くらいが限界です……」

「いやいや、それでも割とハイペースだから」

ちなみに発掘される武器加工前のミスリルは、A級冒険者のパーティーが遺跡に数日潜っても大体握り拳一つ分くらいしかかき集められないとか前に聞いた。

つまりシルリアの一日に風呂桶二杯分ずつ増やせるってペースは、中々どころかかなりすさまじいペースなのである。

さて、このミスリルをどうしたものか。武器に加工せずとも、ミスリルはその稀少性から非常に高値で売ることができる。

これだけ量があれば一財産築くことも不可能ではない。

「……って言っても、出どころ不明のミスリルなんて売れないしな……。下手をしたらシルリアの能力がバレかねないし。貴重な素材ではあるから、増やしてもらえて嬉しくはあるんだけど……」

さてどう使ったらいいかと悩んでいた時、チョコがふと言った。

「だったら、ラルドが使えばいいと思う」

「ん、俺が？」

それからチョコは、小さな指で自分を指した。

「チョコたち【精霊剣】を、ミスリルで強くしちゃうとか」

「【精霊剣】をミスリルでか……」

考えたこともなかったけれど、もしミスリルを惜しみなく使用して【精霊剣】を強化すれば、一体どれほど強力になるのか。

逆にミスリルを不使用の現在でさえチョコたちは【聖剣】並みの力を秘めている。

そこにミスリルによる加工まで施せば……最早どうなるかは見当もつかない。

「ちなみに【精霊剣】のチョコたちからすれば、ミスリルで強化された方がいいのか？」

「多分。チョコたち【精霊剣】は魔力の塊だから」

「つまり魔力を保持しやすいミスリルがあれば、チョコさんたちはより活動しやすくなると？」

シルリアの問いかけに、チョコは「そう」と首肯《しゅこう》した。

「武器としても精霊としても、活動しやすくなると思う」

「ってなると、俺もミスリル加工の修行をする必要があるか」

これが、ミスリルの回収について頭から抜けていた理由の一つである。高価で流通量の少ないミスリルを加工した経験は、実を言えばほとんどない。練習で一度か二度扱ったくらいで、まともに武器を作ったわけでもない。

だから今すぐ【精霊剣】をミスリルで強化するのは難しいかもしれないが……幸い、今この作業場にはシルリアが増やしてくれたミスリルがある。

試行錯誤しながら修行していくことも、十分できるはずだ。

「俺も職人だし、いつかミスリルを十分に加工できるくらいの腕が欲しいとは感じていたし。……よし、一丁やってみよう」

「それならわたし、明日もミスリルを増やすようにしますね。いっぱいあった方が練習も捗ると思いますから」

「ああ。よろしく頼むよ」

こうして俺はこの日から、夜間や暇を見つけては、ミスリルを加工する修行を始めた。

＊＊＊

ミスリル加工の修行を始めて、一週間ほど。

……現在の様子を、正直に白状すれば、

「わっ、また硬化しちゃったか。中々薄くできないぞ……」

修行は困難を極めていた。

ミスリルの加工が難しいと言われる所以は、魔力を通すと硬度が跳ね上がるという特性そのものにある。

魔力はこの世に生きる者全てに宿っているのだが、集中力を切らして魔力をほんの少しでもミスリルに流すと、途端に高度が跳ね上がって加工できなくなる。

さらに武器にする前の純粋な生ミスリルだからか、一気に硬化すると最悪ヒビが入って使い物にならなくなってしまう。

「ブロンズソードの素材も魔力加工された特殊な金属だけど、こっちは想像以上に厄介だな……」

アーティファクトを作った古代人は一体全体どうやってミスリルを加工し、武器の中に魔力の通う回路などをしつらえたのか。

「ミスリルを溶かして鋳型《いがた》に流し込んでいたのか……?」

でも【聖剣】の素材にも使われるミスリルは、そこいらの炎や魔術、スキルでは溶解させられないし、その程度で溶解するならそもそも結界なんて超魔力の固有能力は発動できないだろう。

だから取り寄せた専用工具も使いながらゆっくりと、熱しながら慎重に叩いて加工していくしかないはずなのだが……。

「おっ、マスター! 今晩も励んでいるのか、調子はどうだ?」

「プラムか」

店から作業場に入ってきたのは、プラムだった。

様子からして、皆でやっていた店の掃除も済んだようだ。

作業を興味津々といった様子で眺めてくるプラムに、現在の状況を説明した。

「この通り、難航しているよ。ミスリルの加工って思っていたよりずっと難しくて」

「ふむ……しかし【精霊剣職人】のスキルを持つに至ったマスターがそう言うのであれば、他の職人に任せても同じ感想だろうよ。ならばいっそ、有識者に聞くというのはどうだろうか? 妾はミスリルを取り扱った経験のある凄腕に尋ねるべしと進言するぞ、マスター」

プラムの言うことはもっともだし、俺も当初はそうしようとも考えていた……けれど。

「ダメだな。現代でミスリルを加工できるとされる職人は全部で七人。【七星剣《しちせいけん》】って呼ばれる武器職人の頂点なんだけど……」

　先日、同じことを思いついて調べた時の記憶を辿りながら、ゆっくりと言った。

「調べたら七人とも居場所不明で、最後に確認されたのが十年以上前って人もいる。一応その人が数年前に作ったと思しき武器が市場に出回ったって噂もあるけど……ともかく探して会うのは厳しそうだ」

「むぅ、それは弱ったな。その【七星剣】の職人を探すために店を長く留守にしては、本末転倒であるし。妾たちをミスリルで強化してくれるというのは魅力的な話ではあるが……およっ」

　プラムは加工中のミスリルをじぃっと眺めていた。

「マスター、これは妾たちにどう使うつもりだったのだ？」

「普通の武器を強化するのと同じ手順だよ。ひとまず今の武器状態をベースに、柄の一部とかに接合させようかなと。後は難しいかもしれないけど、剣身や鉄球の一部にも少し馴染ませられないかとも思っているんだ。でも何をするにしても、まずは専用の道具でかなり薄くしないといけないんだけど、それがな……」

　そう伝えてから、腕を組んで唸った。

　こんな硬くて加工もしにくい特殊素材、どうしたもんか。考えこんでいると、それで色々と伝わったのか、プラムがこくりと頷いた。

「なるほど。じっくり時間をかけるのも良いし、恐らくそれが職人としての一番の正攻法だろう。でも……」

プラムはにやりと笑った。

まるでいたずらをする前の、子供みたいに。

「マスターには妾たち精霊が付いている。ならば正攻法以外も試すべきと勧める次第だぞ」

「って言うと？」

問いを聞くや否や、プラムは【精霊剣】スカーレットモーニングスターになって俺の手の中に収まった。

「簡単な話だ、妾の力でミスリルを強引に叩き伸ばす。マロンやチョコでは分《ぶ》が悪いだろうが、幸い妾は打撃武器。ぺしゃんこにするのは大得意だ……あ、その前に」

プラムは赤く光ったと思いきや、モーニングスター特有の鉄球部分の棘《とげ》を全て引っ込めてしまった。

「これでよし、ミスリルを穴開きにせず済むな」

「これでよしって……」

最初から棘なんてなかったかのような様子だが、まさか形状変化も可能とは。

ここまで来ると最早なんでもありに思えてくるが、逆にそれでこそ常識外の【精霊剣】と言えるだろうか。

「さあ、マスター。妾を使ってこのミスリルを存分に薄くするがいい！　ミスリルには魔力が通って割れないよう、妾の方で上手く調整してやるが……後はマスターの根気次第だ」

「これでも冒険者を目指していた時鍛えていたから、根性くらいは見せる……さっ！」

プラムを振って、熱したミスリルを叩く。

通常のモーニングスターなら簡単に狙いが狂いそうだが、そこはプラムが気を利かせてくれたようで、ハンマーのように狙い通りの箇所に鉄球を叩き込むことができた。

するとミスリルはほんの少し、それでも凹《へこ》んだのが目視できる程度には変化していた。ひび割れも起こっていない。

「よしよし……！　これならミスリルを薄く延ばせるぞ」

プラムの助力があれば、どうにか思い描いた形に加工できるかもしれない。

「うむ。ミスリルを熱しているとはいえ、妾もこの程度の熱ならへっちゃらだ。この調子でガンガン薄くしていくぞ、マスター！」

「ああ！」

俺はプラムと共に、まずはミスリルを薄くしようとひたすらに叩き続けるのだった。

＊＊＊

店からお客さんが引いた時や、閉店後にミスリルを打って試行錯誤すること数週間。

定休日でも延々と作業場に引きこもった結果。

「で、できた……どうにか完成……！」

俺は苦難の末に完成したミスリルの加工品を眺めながら、その場に座り込んだ。

プラムの力を借りて薄く延ばしたミスリルを、工具を使って地道に加工していくのは中々に骨だった。

けれどどうにか完成したのだ……まず一つ目だが。

「おめでとうございます、ご主人さま」

「ラルドさん、お疲れさまです」

横で見守っていたマロンとシルリアの賛辞を受け、「ありがとう」と応えた。

「しかしこのミスリルは柄に接合するように見えますが、これはどの【精霊剣】に……？」

「もちろん、作った順番的にマロンだ。その後からチョコ、プラムとミスリルで強化していく」

「なんと、わたしが最初に……！」

マロンは瞳を輝かせて、感激したように両手を胸の前で組んだ。

「ではご主人さま、早速お願いします！」

「ああ、俺も早速取り掛かりたいのは山々なんだけどな……」

最後の問題は、ここから上手くマロンの柄に接合できるかだ。

正確には武器全体のバランスを損なわないよう、ミスリルは鍔《つば》や柄頭《つかがしら》にはめ込めるような形に仕上げている。

ただしブロンズソードの主な素材である特殊な魔力鋼とミスリルを馴染ませて一体にする際、その過程で強引なことをすれば最悪、魔力でミスリルが割れかねない。

その上恐らく、ブロンズソードに接合させようとすれば、その時点からミスリルの硬化は始まって作業はより困難になってしまう。

……と、その辺りの懸念《けねん》をマロンに伝えてみたところ、

「でしたらご主人さま。わたしとミスリルを【精霊剣職人】スキルの炉に入れてください」

「いや、スキルで召喚する炉は魔力の塊だ。それにミスリルは薄く加工してあるから、今のままだと本当に割れやすい。下手をすれば、炉に入れた途端にミスリルが使い物にならなく……」

マロンは首をゆっくりと横に振った。

それから柔らかく微笑みかけてきた。

「いいえ、きっと大丈夫です。……前にも言いましたが、わたしたち【精霊剣】は現代の【聖剣】です。では太古にアーティファクトや【聖剣】を作った職人は、どうやってミスリルを加工して武器にしていたと思いますか？」

「それは……」

俺も不思議に思っていた点だ。

まさか溶かして鋳型に流し込んでいたわけでもあるまいと、感じてはいたが。

マロンは話を続けた。

「わたしが思うに、ご主人さまの【精霊剣職人】と似た特殊なスキルを持っていた者が、その能力を行使して、ミスリルを【聖剣】などの素材として加工していたのではないかと。そしてその加工手段はご主人さまの場合……」

「……武器に精霊を宿して【精霊剣】にもできる炉ってわけか」

マロンはこくりと頷いた。

そういえばサフィアにも「太古の昔に【聖剣】を作った者も、あなたと似たようなスキルを持っていたのではないか」と言われたのを思い出した。

それに単なる武器に精霊を宿して、遺跡から発掘される【聖剣】並みかそれ以上の存在に仕上げる【精霊剣職人】スキルの常識外れの炉なら、もしかしたらと思わされた。

「それにご主人さまのミスリル加工の経験値も、【精霊剣職人】スキルに加算されているはずですから。恐らく強く望めば、その通りに力が働くかと」

「今までのことを思い返してみれば……案外、そういうもんか」

よく考えなくとも、俺の【精霊剣職人】スキルで作り出せる炉は武器に精霊を宿すって辺りからして摩訶《まか》不思議な代物だ。

それならミスリルと【精霊剣】を上手く接合して強化できたとしても、今さら驚くこともないのかもしれない。

「……ま、それにこれで失敗しても、またミスリル加工を頑張ってみるさ。コツは掴めたし、もう一度できない道理はない」

「ええ、その意気ですよラルドさん！　わたしも頑張ってミスリルいっぱい増やしますから。だから失敗分は気にしないでくださいね」

シルリアの頼もしい言葉もあって、意を決して【精霊剣職人】スキルのウィンドウを開いて炉を出現させた。

「では、お願いしますね」

「ああ、手早くいこう」

ブロンズソードの姿となったマロンへと、加工したミスリルを素早くはめた。硬化しないうちに作業をしなければならないので、繊細かつ素早い動きが要求される。

それから上手く接合して強化できてくれと願いながら、炉の中へマロンを入れた。

……それから、炉の前で待っていたが、

「出てきませんね……」

「三十分以上経過しているけど、全然だな」

【精霊剣】を作る時でさえ、こんなに時間を食ったことはない。

それに加えて、普段と違う点がもう一つ。

「ラルドさん、魔力の消費が凄いようですが大丈夫ですか？」

「シルリアも半精霊だし、やっぱり分かっちゃうか」

実際、想像以上の魔力消費に驚かされている。

幸い魔力切れで倒れるまでには至っていないが、いかんせん炉の中で何が起こっているのか分からないのが不安になってくる。

そわそわしていた時、ようやく炉が開いて中からブロンズソードが出てきた。

「マロン！　大丈夫か、どこかに不具合とかないよな？」

まさか何かあったんじゃないだろうなと、飛びつくような勢いでマロンに駆け寄り、持ち上げた。

返ってきたのは、普段通りのマロンの明るい声だった。

「大丈夫ですご主人さま。不具合どころか、大成功です！」

そう言いながら、マロンは剣の状態のまま魔力の光を放った。

すると光が一層強く放たれている箇所は、上手くミスリルが一体となっているようだった。

ミスリルを嵌めていた鍔、柄頭、さらには剣身の一部までもが、より強い輝きを放つ。

「よしよし、成功してるな。ちなみに何か変わったところは？」

「はい。ミスリルのおかげでわたし自身が保持できる魔力量がぐっと増えました。これならご主人さまから離れていても、戦わなければ数日は精霊状態を維持できるかと」

「おお、そりゃいいな……！」

今までは魔力供給の都合上、ある程度は俺の近くにいないとマロンは剣の状態に戻ってしまっていた。店番を任せられても、取引をしにあまり遠くの店へは行けなかった。

でもこれからはマロンも人間の少女のように、単独で街への買い出しや遊びなど、遠くにも行けるようになるということだ。

マロンの自由度が増したことは、俺にとっても嬉しかった。

「それじゃあチョコやプラムも、同じように強化してやらないとな」

二人もこれまで以上に精霊状態で活動しやすくなれば、きっと喜んでくれるだろう。

なんなら、三人だけで自由に遊びに行けるようにでもなれば、精霊になった意味もあるというものだ。

彼女たちには日頃から世話になっているし、できる限り、精霊の体でしか味わえないものを味わってほしい。

ガイアナで美食に舌鼓《したつづみ》を打っていた彼女たちの顔を思い出す。

あんな笑顔がこれからも見られるのなら、頑張ることくらい安いものだ。

そして多分、それが俺の、【精霊剣】の主としての果たすべき務めでもある。

俺はチョコやプラム用にもミスリルを加工しようと、早速専用工具を手に取った。

六章　暗躍する影

某日、温泉街ガイアナのとある路地裏にて。

街中の湯が発する硫黄の匂いを吸った夜風の中、一人の男が重い足取りで移動していた。

男はその大きな体躯がしぼんで見えるほどしょぼくれた姿勢で、彼を知らない者が見ても好調とは思えない有様だった。

「……おいおい、どうして俺がこんな使いっ走りなんか……はぁ」

そうぼやいた男……ギルド【風精の翼】所属の冒険者マイングは、外套《がいとう》のフードを外して顔を晒した。

視界が開ければ少しはこの淀んだ気持ちもすっきりするだろうかと思ったのだが、そうでもないらしい。

マイングは顔をしかめて、何故自分がこんなところまで来たのかを、ゆっくりと頭の中で反芻《はんすう》した。

以前、片想い相手が絡むトラブルで【武器職人】のラルドに手を出し、牢へ入れられたマイングは、それなりに長い獄中生活の後、ようやく解放されたのだ。

ところが、ギルドが釈放直後の彼に命じたのは……、

「そりゃぁ、俺も悪かったかもしれねぇけど、だからって牢から出されてすぐに闇ギルドの残党狩

りに行けってのはなぁ……」

予想もしていなかった、闇ギルドの残党狩りであった。

ギルドマスターから伝え聞いた話によると、このガイアナに潜んでいた闇ギルド【双頭のオロチ】のアジトは、冒険者たちの手によって壊滅させられたらしい。

しかもあのラルドも一枚嚙んでおり、【双頭のオロチ】に追われていた少女の保護に各所への通報など、それなりに活躍したと聞いている。

だが、その際にアジトを離れていた構成員は、今もまだガイアナに潜伏しているとの情報が入った。

そこでギルドマスターは、牢から出たてのマイングへ、現地の冒険者と協力し闇ギルドの残党を捜索せよ、との指令を出したのであった。

要するに、「反省しているのなら迷惑かけた分はウチの役に立て」という、ギルドマスターからの罰めいた仕事というわけだ。

牢の中で鈍った体は以前より重く感じられ、気分も晴れない。

「……チッ。俺が使いっ走りたぁ癪《しゃく》だけどよ。それでも少しは腕を見込まれての残党討伐依頼だと思えば、どうにかやる気にもなるってもんだがな」

愚痴りながらも指示には従い、はるばるガイアナまでやってきたマイングであったが、面倒そうな仕事を前に早々に嫌気が差していた。

勿論、ギルドに逆らうわけにはいかないので、表向きは従順な態度を取っておくし、大人しくしておくつもりだが、ほとぼりが冷めたらまた、ラルドの元へリベンジの殴り込みをかましにいこうと考えていた。

「この辺が合流地点か？」

マイングはあれこれ考えているうちに、自分が目的地に到着したらしいことに気がついた。

この温泉街に拠点を置く正規ギルド【妖狐の灯】の冒険者とは、この裏路地で落ち合う予定だっ
たのだ。

しかしその場所には、誰一人として現れていなかった。

時間的にも、誰かが待っていてもおかしくないくらいである。

「おかしいな。遅れてるにしても、一人くらい来てもいいはずだが……ん？」

ひくりとマイングの鼻が動き、眉間にしわが寄る。それは硫黄臭混じりの夜風の中に、ただなら
ぬ匂いを感じたからに他ならなかった。

その鉄臭さには覚えがある。冒険者として荒事が日常茶飯事の彼にとっては、非常に馴染みのあ
る匂い。

「血の匂いだと？」

牢暮らしで鈍っていたマイングの感覚が、鋭く尖っていく。

背に担いだ大剣の柄を握り、いつでも抜き放てるよう身構えながら動く。

周囲の気配を探りながら風上に歩いていけば……血の匂いが濃くなっていき、その大元にはすぐ
行き着いた。

目の前の光景は信じがたいと、マイングはどっと脂汗《あぶらあせ》を流して目を見開いた。

「こ、こいつぁ……!?」

集合地点の付近、路地裏の中でもさらに狭っ苦しく月明かりも差さないその場所に、いくつもの死体が転がっていた。

頭を吹き飛ばされたり、胸を一突きに穿たれたり、まともな遺体は残っていない。その中の一体の顔に、マイングは見覚えがあった。

それは、【妖狐の灯】が誇るS級冒険者だ。よくよく見れば、周囲の血の海に転がる遺体は、落ち合う予定だったと思しき冒険者たちのものだった。荒く懐を漁れば全員、指示にあった目印を持っていた。

「そ、そんな馬鹿な……っ!?　遺跡を単騎攻略できるような猛者《もさ》が、こんな!?」

背筋を撫でる悪寒《おかん》に、マイング数歩後退《ずさ》った。

……その直後、マイングの背後から銀の閃光が走った。マイングもその気配を感じ取り、回避しようとしたが、遅かった。

中途半端に引き抜いた大剣を持っていた右腕が、閃光に抉られ血を散らす。

「ぐぅっ……!?」

鮮血を滴らせながらも体をひねり、急所を狙って放たれたであろう攻撃を、マイングはかろうじて凌いだ。

荒い息を吐きながら傷を庇うマイングへと、軽薄な声が投げかけられた。

「へぇ、避けるんだ。意外とやるね」

マイングが振り向いた先には、中肉中背の若い男がいた。

どこにでもいそうな平凡な容姿に、ありふれた白髪。けれどその瞳は月明かりを呑み込みそうなほどにドロリと濁っていた。

間違いなく只者ではない。マイングは止まらない汗を拭《ぬぐ》うこともせず、じっと男を警戒した。

「君、どこの冒険者？　僕の周りを嗅ぎ回っていた、そこの死体連中を探していたっぽいけど……お仲間？」

問いかけられ、マイングは抉られた右腕を押さえながら呻くように答えた。

「へっ、俺は【風精の翼】のマイングだ。こいつらとは仲間ってか、同業者だな」

「ふぅん、【風精の翼】ね。冒険者ギルドの中でも凄腕揃いって噂の、あの」

白髪の男は興味もなさげに言って、何も持たない手から、かちゃりと金属が触れ合う音を鳴らした。

……否、男の腕にはよく見れば、短剣が収まっていた。それは小ぶりで、角度によっては見えないほどに極薄《ごくうす》の刃を持っている。

護身用に隠し持つには最適だろうが、果たしてそんな物が得物として機能し得るのか？　とマイングは内心首を傾げた。

「……」

マイングは推測する。先ほどの攻撃は鋭かったが、真っ向から打ち合えば、体格的にも得物の差でも、自分が有利だと。所詮《しょせん》、不意打ち頼みの戦法だろうと踏み、挑発するような言葉を投げかけた。

「で、そういうテメェは？　人に名乗らせて、自分は名乗らないって腹か？　……状況からして、お前が例の【双頭のオロチ】残党っぽいがよ」

「ああ、君、死ぬ前でもそういうの気にする派なんだね。まぁでも……今さら名乗っても意味なさげだけど、冥土の土産にはっきり教えてあげるよ」

白髪の男は狂犬めいた笑みを頬に張り付けながら、濁った瞳を細め、得物である短剣を構えた。

「僕はグシオル。君の言う通りに元【双頭のオロチ】所属で、今は残党かな。で、そのうちあの組織を引き継ぐ予定の者……だったんだけどさぁ」

グシオルの短剣が銀の光を帯びて輝く。

そして短剣から溢れたその魔力光が、路地裏を包み込んでマイングを包囲していく。

――この光、もしかして単なる武器じゃねぇのか……!?

今さらながら焦りを浮かべたマイングは、傷を庇うのをやめ、剣を構えた。

「ま、君らがたまたま僕不在の時に組織を潰しちゃったから。僕は無所属になっちゃったってわけ。おかげで金にも困って、追い剝ぎみたいな生活を強《し》いられている。要はこれ、未だに僕を嗅ぎ回る君らへの八つ当たり兼復讐ってわけなんだけど……お分かりかな？」

そう淡々と告げていたグシオルの語尾に、ちらりと怒気が交じったように思えた。

そうだ、この光は知っている。【風精の翼】にも、似た光を放つアーティファクトを持つ女がいる。そしてそのアーティファクトは、一般的になんと呼称されているか。

その単語が頭を過ると共に、マイングは己の死を強く感じながら、掠れた声を漏らした。

「魔力膨張による領域形成だと……!? サフィアの結界と似た展開方法……まさかその短剣、【聖剣】か!?」

「ばいばい、哀れなお馬鹿さん。恨むなら、僕を嗅ぎ回っていた君の愚かさを恨みなよ」

「まっ……ッ」

次の瞬間、ドンッ！ と鋭い衝撃がマイングを襲った。

見れば自分の胸に、転がっていた死体と同様、鋭い刃で一突きにされたかのような傷ができている。しかしグシオルは【聖剣】の結界を展開はしていたが、特に刃を自分の体に突きつけてきてはいなかった。もしくはサフィアの【聖剣】のような攻撃が来るかと思い身構えていたのだが、その目論見は外れたらしい。

一体何が……。それを口に出す暇もなく、マイングはその場に崩れ落ちた。

「……しかし、【風精の翼】か。どうやら【妖狐の灯】と一緒に僕の組織を潰したのはやっぱあいつらみたいだけど……ふんふん」

グシオルは短剣を揺らして弄《もてあそ》んでから、不意にピタリと止めた。

「決めた。暇だしどっちにもお礼参りに行こうかな。ついでに当面の生活費も、奴らから奪えばいいや」

軽い声音で呟いたグシオルは現れる前と同様、短剣を片手に闇へと消えた。

そうしてその場には、血の海と死体の山だけが残った。

＊＊＊

「早速だけどラルド兄さん、今から一緒に遊びに行きます。絶対に行きます！」

チョコとプラムのために、ミスリルの加工をしていた最中。

突然現れたミアが腰に手を当てた堂々とした立ち姿のまま、まるでマロンのような口調でそんなことを言い放った。

「……んっ？　遊びに？」

一体どういうことだと作業の手を止めて思わず聞き返せば、ミアはくわっと目を見開いた。

「だってラルド兄さん、ここ最近ミスリルの加工だ、【精霊剣】の強化だって、全然構ってくれないじゃない。あたしだってたまにはラルド兄さんと遊びたいもん！」

「い、いやいや待ってくれよ。これは仕事の一環としてやってるわけだし、今は昼休憩の時間だけど、また午後から店がだな……」

がばっと抱きつく勢いで迫ってきたミアをどうしようかと悩んでいたら、その場に居合わせたマロンが言った。

「それでしたら、わたしとシルリアでなんとかしましょう。わたしたちも伊達にご主人さまのお手伝いをしておりませんから、店番くらいなら問題ないかと」

「いやでも、チョコとプラムはどうするんだ。ミスリルの魔力供給があるマロンはともかく、あの二人は俺と離れすぎると武器の姿に戻って……」

半ば慌ててそう言うと、小さな人影がひょこりと顔を覗かせた。

「……そういう話なら、今日チョコはお休みってことでいい」

いつから話を聞いていたのか、作業場にやってきたチョコは自らブラッククロスボウの姿に戻った。

武器の姿となったチョコを受け止めたマロンは、俺とミアを交互に見た。

「プラムには後でわたしから話しておきますから。ご主人さまはたまにはミアさんと一緒に行ってあげてください。ミアさんも大分、我慢しているところはあったと思いますから」

マロンの話を受け、ミアは拗ねたように唇を尖らせた。

「そうだぞー、ラルド兄さんそうだぞー。最近構ってもらえなくて、あたしはへそ曲げる寸前なんだぞー」

棒読みながら非難がましくそう言うジト目のミアに、「分かった分かった」と返事をした。

「確かにミアとは最近あまり話してもなかったしな。久しぶりにどっかに行こうか」

「おぉ！　話の分かるラルド兄さん大好き！」

ミアは俺の手を引いて、そのまま作業場から出て行く。

こうして俺は、本日半休ということにして、ミアと一緒に街へと出かけていった。

そういえば、作業着を着たままだけど……問題ないか。

今から戻って着替えるのも野暮に感じたので、そのままミアに連れていかれることにした。

「あ、このお茶美味しい。このカフェ、案外当たりだったかもね～！」

街を回って遊んだ後、休憩がてら入ったカフェで茶を啜りながら、ミアは頬を弛緩《しかん》させていた。

ミアにつられて、一緒に頼んだ茶を飲んでみる。

柑橘《かんきつ》系の匂いがして、どこか温かな甘みのある落ち着く味だった。

ついでにミアが頼んでいたクッキーも少しもらってみると、サクッと軽い口当たりと共にバターの香りが口いっぱいに広がって、こちらもかなり美味かった。

店で待つ四人に、お土産で買っていってもいいかもしれない。

「いやー、今さらだけどラルド兄さんが本当に遊びに連れていってくれるなんて。正直、あたしは感激してるよ」

「ええと、そんなに言うほどか？」

これでもミアとはほとんど毎日顔を突き合わせているし、それなりに一緒の時間もあった気がするんだけれど。

だがミアは上機嫌で「うんうん」と大げさに頷いた。

「言うほどだよ。だってラルド兄さん、最近は本当にミスリルばっかりだったじゃん。……声を掛けなきゃ、こうやってあたしと出かけてもくれないくらいには」

「確かに、最近鍛冶に熱中していたのは認めるけども」

取り扱いの経験も少ない武器素材ということで、つい夢中になってしまったのだ。

だが、そうした行動のおかげで、実際ミスリル加工の手際も良くなってきている。チョコやプラムのことも早く強化してやりたいという思いが、集中力も上げているらしかった。

……それがミアを蔑《ないがし》ろにする結果になっていたのだとしたら、謝罪する必要があるかもしれない。

「でもこうしてわがままに付き合ってくれたから、許してあげる。最近は冒険者界隈も物騒だし、あたしもこういう息抜きは欲しかったんだよねー……」

ミアはそう言って、ため息をついた。

ほぼ常にはつらつとしているミアがこうも分かりやすく疲れた様子を見せるのは、かなり珍しいことだった。

それに、ミアの口にした不穏な言葉が気になった。

「物騒って、冒険者が関わる事件でもあったのか？」

「うーん……ラルド兄さんにも一応は言っておいた方がいっか」

ミアは「無関係じゃないもんね」と前置きをして、こほんと咳払いを一つ。

「実は最近、例の闇ギルド……【双頭のオロチ】の残党が活動しているって噂があるの」

「残党か……何人くらいなんだ？　いくら【双頭のオロチ】でも、サフィアやミア、それに【妖狐の灯】の皆にアジトを壊滅させられたんだし、あまり人数も残ってはいないとは思うけど……」

「うん、相手は多分一人って言われてる。でもその一人が【双頭のオロチ】を潰したギルドの面々に報復して回っているって噂があって。現にあたしのいるギルドでも何人か連絡の取れない人や、行方不明者が出ているし……その中にはマイングもいるんだよね」

「あの人、牢から出ていたのか……。でも行方不明って穏やかじゃないな」

マイングに問答無用で斬りかかられたのは記憶に新しいが、だからといって行方不明というのも心配になる。一応は彼も、ミアやサフィアと同じギルドに所属しているのだから。

「……と言っても、マイングは腕っ節に関してはB級以上だし。案外温泉街に残党狩りに出てから、その帰りに遺跡に入っていて、それで連絡が取れないだけかもしれないし。あいつは待っていれば、そのうち戻ってきそうな気はするけどね」

「まぁ、ミアがそう言うならそうかもな」

ミアも同じギルドに所属するマイングの実力を知っているからそう言えるのだろう。そこにはある種の信頼が感じ取れた。

それなら部外者であり、冒険者ではなくしがない【武器職人】でしかない俺は頷く他ないし、下手な話をして不安を煽ることもないだろう。

「でもミア、もし【双頭のオロチ】の残党に襲われでもしたら、すぐに冒険者仲間のところか、俺の店に駆け込んでくれよな。うちには精霊もいるし、匿《かくま》うくらいならできるだろうから」

「んっ。もしかして、あたしのことも結構心配してくれてる？」

「当たり前だよ。逆に心配しないと思ってたか？」

至極大真面目に言ったつもりだったが、ミアはくすりと笑った。

「……ううん、別に。ただそう言ってもらえて、ちょっと嬉しいなぁって。今のラルド兄さんの周りには女の子いっぱいだし、最近あたし、放置され気味だったから」

「構えなかったのは本当に悪かったけど、それとこれとは話が別だ。ミアには怪我とかしてほしくないし、力になれるなら俺も嬉しい。それに、これからはその、もうちょっと時間を取れるようにもするから。……もうあまり拗ねないでくれよ、な？」

そう言うと、ミアは少し固まってから一気に顔を赤くした。

「……どうかしたのか？」

「う、うーんと。……まさか面と向かって、そこまで言ってもらえるなんて思わなくって……ね？……ず、ずずー……」

ミアはどこか誤魔化すように目を逸らして、再び茶を啜り出した。

……そういう反応をされると、少し恥ずかしいことを言ったのかと思えてしまうのだが。

それでもこっちにしてみれば大真面目な話だったし、久しぶりに赤くなったミアも見られたしで悪くなかったかなと、俺も残りの茶を啜った。

案外、冷めても美味い茶だった。

＊＊＊

ミアと久々に遊んだ日からさらに数日、俺はミスリル加工の鍛錬を続けていた。

最初にマロンのためにやった時よりある程度加工がスムーズにいくようになったが、それでも時間はかかっていた。

特にチョコ……ブラッククロスボウの構造はブロンズソードよりも複雑なので、どうミスリルを接合させるかについても頭を悩ませていた。

そんなある時。

「……最近お客さん、少ないですね……」

マロンがため息交じりにこぼしたその言葉に、首肯を返す。

「そうだな……。最近、この辺りに例の闇ギルドの残党が出るって噂だし。それを恐れて新米冒険者たちも、あまり冒険に行かないって話だしさ」

「それだと、ラルドの武器も売れない」

横を見れば、チョコも困り顔だった。

「でも【聖剣】回収の報酬もまだまだあるし、今のところはこれくらいへっちゃらだよ。それに店が暇なら暇で、ミスリル加工に費やせる時間も増えるんだし。そう考えればそこまで悪いってわけでもない」

とはいえ、お客さんが来ない以上は店を開いていても仕方がない。

今日はもう店を閉めてしまおうか……そう思っていた矢先。

「失礼、この武器屋かな？　ラルドって職人がやっている店は」

ドアを開け、一人の男がするりと店に入ってきた。

総白髪だが、顔や体は若々しい。見たところ、俺と同い年くらいかもと推測した。

ただ、入るなりそんなことを言うものだから、少し面食らいつつ答えた。

「俺が店主のラルドですが……」

青年は店の中を軽く見回し、ふむと鼻を鳴らした。

「評判の割には、案外普通の品揃えだね、ブロンズソードみたいな初心者向きの武器が基本かな。遺跡から発掘されたアーティファクトの類はないのかい？」

「ええ、この店には基本、俺の作った武器しか置きませんから。後は知り合いの店から入荷したポーションの類が少しですかね」

説明すると、青年は腕を組んで「ふぅん……」と呟いた。

なんだか妙なお客さんだな、それとも冷やかしに来ただけか。

それにしては、特に邪《よこしま》な感じもしないが。

「つまり君は、普通の【武器職人】ってわけかな？」

「確かに職業的には、俺はどの街にもいる【武器職人】ですが……一体、それがどうかしたんですか？」

不思議な言い回しをする人だなと思いつつ、青年に尋ねた。すると青年は、何故か小首を傾げた。

「いや、君は【風精の翼】の腕利きの冒険者とも繋がりがあるって聞いていたからさ。彼ら御用達《ごようたし》のアーティファクトの類を店で扱っていたり、はたまた豪腕で鳴らした元冒険者かも……と思っていたんだけどね。……これは少し、アテが外れたらしい」

白髪の青年はそう言って、踵を返し、ゆっくりと店のドアへと向かう。

……それから、店から出る直前で顔だけこちらを振り返って、

「それじゃあね店主さん、また縁があったら会おう」

そんな意味深げな言葉を残し、去っていった。

店から青年がいなくなった後、しばしの沈黙を挟んでマロンがぽつりと呟いた。

「冷やかし……でしょうか？」

「いや、そんな雰囲気でもなかったけど……なんだったんだろうな」

それにあの青年、この街では見かけない顔だったけれど。

白髪以外に印象に乏しい外見ながら、しっかりとした体つきと立ち居振る舞いからして、もしかしたら新しく移り住んできた冒険者なのかもしれない。

ひとまず彼の顔を、頭の片隅で覚えておくことにした。

「今日は多分あの人が最後のお客さんだと思うし、店は閉めてしまおうか。空いた時間で、ミスリル加工の鍛錬をするよ」

「ええ、それが良いかと。お食事の用意などはわたしがやっておきますから、ご主人さまはゆっくりと作業に専念してくださいな」

「ありがとう、そうさせてもらうよ」

マロンの気遣いに感謝しつつ、俺は作業場に向かっていった。

＊＊＊

お客さんが来ないという消極的な理由とはいえ、時間的な余裕ができたこともあり、俺は作業場にこもり続けることができた。そして数日が経ち、チョコたちへのミスリル加工もあと一息といったふうに感じていた、そんなある日のこと。

久しぶりに店を訪れたサフィアが、神妙《しんみょう》な面持ちで「話がある」と言ってきた。

それに、どこか申し訳なさそうだ。

不思議に思って「何かあったのか？」と尋ねると、サフィアは少し躊躇《ためら》ってから話し始めた。

「うむ、少々頼みたい件があってだな……仕事中にすまない」

「頼みごとって、どんな？」

「……近日、我々のギルドに力を貸してほしい」

彼女がわざわざ頼んでくるということは、【精霊剣】の力を必要としていることだろう。

となると、また遺跡へ行っての【聖剣】回収だろうか？

それとも……。

「察しているかもしれないが、最近台頭《たいとう》している【双頭のオロチ】残党と目される人物の件だ。どうか奴を倒すのに……とまでは言わないが、我々のギルドの手練《てだ》れたちがギルドを留守にする間、番を頼みたい」

やっぱり闇ギルド絡みの話かと納得しつつ、サフィアの言葉が気になったので訊いてみる。

「手練れたちが留守って、サフィアたちはどこかに行くのか？」

「……もしや総出で潜伏中の【双頭のオロチ】の残党の討伐に出られる、とか？」

横で話を聞いていたマロンの言葉に、サフィアは頷いた。

「その通りだ。これまで奴の手にかかったと思しき犠牲者は、既に五十人を超える。それも、【双頭のオロチ】討伐に関わったギルドの人間ばかり……。その中には、あのマイングも含まれている」

「なっ、あの人、行方不明って話だったんじゃ……!?」

確かにミアの話では連絡が取れないって話だったが、まさか彼も犠牲になっていたとは。

だが、マイングもB級の冒険者。加えて凄腕揃いの【風精の翼】で幅を利かせられるくらいの実力は持ち合わせていた、と聞いてたんだが……。

……マイングにはあまりいい思い出がないけれど、それでも知人がそんな目に遭えば気分が悪いのは確かだ。

「これ以上、奴の好きにはさせておけない。そこで我々は討伐隊を結成し、本腰を入れて奴を討つことを決めた」

「……サフィア。俺もその討伐隊に加わるのはまずいか？　元々は俺がサフィアたちに助けを求めたところから始まった話だ、放ってもおけない」

マイングだけでなく、ミアまで危険に晒されるかもしれない。そう思うと、居ても立ってもいられない気分になった。

思わず椅子から立ち上がろうとするが、サフィアはそれを制してきた。

「いいや。これは我々、ギルドの義務だ。あなたは助けを求めただけだし、いずれ【双頭のオロチ】はどこかのギルドが潰していただろう。だがその場合であっても、今回のような事件が起きなかったとは限らない。……加えて今回の件は、きっちり最後の一人まで討てなかった我々の責任によるところが大きい」

「サフィア……」

サフィアは渋面を作って首を横に振って、口を引き結んでいた。そこから「どうかここは堪《こら》えてほしい」と言われた気がして、閉口した。

ややあって、呟くように会話を再開する。

「……悪かった、ちょっと冷静じゃなかった。それじゃあ俺は、サフィアたちがその残党を倒しに行っている間、ギルドを守っていればいいんだな？」

「その通り。本来、部外者のあなたに頼む筋の話ではないのは重々承知している。しかし、敵は行動が読めず、どこに潜り込むかも分からない。万が一もあると考えると、信頼できて腕の立つ人物をギルドに置いておきたい。【精霊剣】を扱える、あなたのような人物を」

サフィアの真摯《しんし》な思いに、即座に承諾した。元より断るつもりなどない。友人が困っているなら、助けるのが当然だ。

「了解したよ。サフィアたちが仕事に専念できるよう、ギルドはしっかりと守る」

「ラルド……！　ありがたい、そう言ってもらえると助かる」

「それでその作戦は、いつから始まるんだ？」

「ああ、それはだな……」

サフィアが教えてくれた計画は、漏洩《ろうえい》防止のために所々が伏せられていた。俺は自分の役割に関わる部分だけ詳細に聞き、段取りを詰めていくのであった。

＊＊＊

「ここが冒険者ギルド……」

「ほほう、妾が思っていた以上に大きい……」

サフィアたちの所属ギルドこと【風霊の翼】のレンガ造りの外観を見たチョコとプラムは「「おぉ～」」と声を上げていた。

この街にもいくつか冒険者ギルドはあるが、その中でも【風霊の翼】のギルドは最大規模だ。中に酒場も併設されているので、面積的にはその影響もあるだろうが。

「二人とも、早いとこ中に入ろう。俺たちがギルドに着き次第、サフィアたちが出発って予定らしいから」

俺はチョコとプラムを伴って、冒険者ギルドの中へと入っていく。

ちなみにマロンはミスリルのおかげで単独行動ができる都合上、今回はシルリアと一緒に店で留守番をしている。

「おお、ラルド。来てくれたか」

ギルドに入ると、真っ先にサフィアが迎えてくれた。

……それと。

「あ、ラルド兄さん！　朝早くからご苦労さまー！」

「ミア、やっぱりいたか」

サフィアの横にはミアもいて、その近くにはさらに冒険者が十人前後。

知っている顔や有名人もいるが、なるほどこのギルドの腕利きが集まっているということか。

その辺りからもサフィアたちも本気らしいと窺えた。

「さて、わたしたちはこれから出るが、何かあったらギルドの受付嬢にでも言ってくれ。……それに……ないと願いたいが、万が一の時はよろしく頼む」

「ああ。万が一の時は……な」

今回、ターゲットとなっている下手人《げしゅにん》は、街中だろうと構わず襲いかかるような手合なのだという。派手なやり口は注目を集めるはずなのだが、あまりに手際が良すぎるのか、まだ捕捉できていないのだそうだ。

だが、そこはやはり組織の力がないだけあって、痕跡を完全には隠せていないらしい。だからこそ、こうして捜索の手がかりもあるのだろう。

ギルドを案ずるサフィアの気持ちも分かる。自分の拠《よ》り所となっている場所が荒らされるのは、耐え難いことだ。俺だって店が同じような目に遭えば、同じように誰かに助けを求めただろう。

……さて。

サフィアたちを送り出した後、併設された酒場の一角に腰を下ろし、何故か正面に座って暇そうにするミアに尋ねた。

「ミア。その……行かなくて良かったのか？」

ミアのスキルは【抗魔力】。正直に言えば、強力な盾向きスキルを持つミアは、今回の討伐作戦に参加するものだと思っていた。

……とはいえ、行ってくれない方が彼女の身は安全なので、ある意味ほっとしてもいるが。

「うーんと、あたしはほら。ラルド兄さんの付添い人みたいな？　だってほら、ラルド兄さん、ウチに来るの初めてでしょ？　勝手も分かんないだろうし」

「ああ、それもそっか」

言われてみれば、【風精の翼】に入るのは初めてだ。俺がこのギルドを護衛する、などとは一部の冒険者以外知らず、他の者にとっては「何故【武器職人】がここに？」という疑問もあるはずだ。

ミアと一緒なら他の冒険者も「知り合いを呼んでいるのか」くらいに思うだろうし、ありがたい気遣いだった。

「……あのさ、さっきから思ってたんだけど……」

ミアはギルド内にできている人だかりをちらりと見て言った。

「ラルド兄さんの精霊たち、二人とも囲まれているけどいいの？」

「うーん……いいんじゃないか？　二人とも楽しそうだし」

チョコとプラムは冒険者たちに囲まれ、何やらわいわいと盛り上がっていた。どうやら、二人は一瞬で武器に変身する芸を見せているらしく、披露する度に周囲の冒険者たちが「おぉ！」とどよめいていた。

ついでに二人もそんな反応を受けてまんざらではない様子で、どこか得意げだった。

「……ギルドの皆には、二人のあれは魔術か何かに思えているだろうし。特に問題ないんじゃないか？」

ミアは半ば呆れたように笑った。

「それに二人とも、普段店から出ないから。新鮮な経験でいいんじゃないか……んっ？」

入り口付近で騒ぐ冒険者たちの横を、ふらりと通り過ぎる一人の青年と目が合った。総白髪ながら、どこにでもいそうな平凡な出で立ちをした、特徴の薄い青年。

「あの人、この前店に来た……」

――やっぱり、最近街に引っ越してきた冒険者だったのか？

まさかミアたちと同じギルドに入っているとは思わなかったが……と、感じていたところ、ミアが不思議そうな声を上げた。

「あれっ、加入希望の新入りさんかな？　見ない顔だけど」

「え？」

ミアの言葉に、違和感が湧き上がった。彼はこのギルドの人間じゃない。だというのに何故、最近所属する冒険者が闇ギルドによる被害に遭っているともっぱらの噂の、このギルドに来たのか。

そんな疑問が表面化しようとした、刹那。

青年が手際良く短剣を引き抜き、人だかりを覆うように、半透明の立方体をした魔力光を放った。

これまで何度か似たようなものを見てきたからか、その魔力光の正体が何かはすぐに分かった。

「あれ、結界か⁉」

突如として結界に包まれた冒険者たちは、何事かとどよめき立つ。尋常ならざる気配を感じて思わず俺も立ち上がるが……それと同時に、パリンと軽い音がして結界が崩れ去った。

砕かれた魔力のかけらはゆっくりと霧散していく。

「……」

白髪の青年は、破られた結界、その中心部に細めた目を向けた。

結界の中心部、すなわち人だかりの中央にいたチョコが、いつも通りの眠たげな瞳で青年の視線を受け止めている。

「今の、【聖剣】？」

はっきりそう言ったチョコに、青年は答えなかった。

だが、周囲の冒険者たちは、

「てめぇ、今何しようとしやがった！」

「正気か⁉　おう、答えろや‼」

殺気立ち、声を荒らげて青年を囲んでいた。

【聖剣】が能力を解放する際に放たれる結界を相手に向けることは、すなわち相手の喉元に剣を突き付けているのに等しい。もし、チョコが結界を破っていなければどうなっていたことか。

「……」

しかし、当の青年はどこ吹く風といった様子で、辺りを見回すばかりだ。その隙に、俺はチョコとプラムを庇うように二人の前へ移動する。すると青年はこちらを見て、ふっと口元を緩めた。

「へえ、誰かと思えばこの前の店主さん。こんなところで会うなんて奇遇だね」

「そう言うあなたは……誰なんだ？　冒険者じゃないのか？」

声を低めて聞くと、白髪の青年は手元の短剣をくるりと回した。

「僕は冒険者じゃないよ。この前お店にお邪魔したのは、ちょっとした気まぐれでさ。でも冒険者以外が武器屋に立ち入っちゃいけないなんて、そんなつまらないことは言わないだろう？」

「そりゃそうだけども……」

彼と話しているうちに、妙な違和感を覚えた。殺気立った冒険者に囲まれているのに、まるで街中で会った親しい相手と、何気ない世間話をしているかのような……どこかずれた雰囲気があった。

「……やれやれ。君は物腰も柔らかかったし、あまり巻き込む気もなかったけど……運が悪かったとでも思ってくれ」

青年はそう言って、短剣を構えた。途端、彼の短剣から魔力光が漏れ、それが結界となって周囲に広がっていく。

「しまっ……!?」

周囲の冒険者が青年を制止しようとするが、結界の領域形成があまりに早すぎた。

一瞬でギルド全体が結界に包み込まれ、爆発的なまでの魔力が周囲に立ち込める。

「こういう雑な手は使いたくないんだけど、サフィアとかいう女たちが戻ってきても面倒だからね。

拠点攻略も皆殺しも、早いに越したことはないでしょ？」

青年は事も無げに言った。彼の瞳の奥、ドス黒い何かが見えた気がして背筋が凍る……が。

「参るぞチョコ！」

「任せてー！」

精霊二人が駆けるように前に出て、武器形態となった。

そのまま二人も暴発寸前まで魔力を高め……飛び出した勢いのまま、青年へと迫る。

「んっ……アーティファクト？　いや、違う……!?」

結界を展開していた青年も只事ではないと気付いたのか、目を見開いた。

直後……閃光と共に大激音が轟《とどろ》いた。

「――――――!!!」

視界も聴覚も使い物にならなくなるレベルの衝撃。

一体何がと思うより先、体が自然と前に出ていた。

「チョコ、プラム!!」

何が起こっているのか分からないが、それでも二人をそのままにしておけない。

閃光の影響で目を瞑ったまま、突進するように駆け……足が床を踏み抜いた。

「……へっ？」

突如襲ってくる浮遊感。あるはずの足場が、ない。薄く目を開けると……。

「マスター！」

「ラルドっ！」

俺はいつの間にか手の中に収まっていた武器形態の精霊二人と共に、真下へ……大穴の中を落下していた。

「なっ、何が……!?」

上を見れば、丸くくり抜かれて青空が見えているギルドの天井。

……そうか、あの爆発でギルドの天井と床が抜けたのか。

加えてふと、前に聞いた噂話を思い出す。

実はこの街の地下には機能を失って久しい遺跡が眠っており、その上にこの街の前身である都市が築かれたのだと。

……なるほど、この深い大穴は遺跡のなごりか。

「くくっ……アハハッ！　いいね、こういう趣向も嫌いじゃないよ」

「何……!?」

下を見れば、共に落下中の白髪の青年の姿があった。青年は愉快そうに笑い、落下も構わず大の字になっている。

「君の持っているその武器、アーティファクトじゃないね？　どちらかと言えば【聖剣】に近い……いやはや、ただの【武器職人】じゃなかったってわけか」

青年はコートの裾からワイヤーアンカーを取り出し、大穴の壁へ突き立て、宙ぶらりんとなって静止した。

「マスター、任されよ！」

「ああっ！」

俺もモーニングスターの棘付き鉄球を壁に打ち付け、強引に静止した。慣性が働きガツンと全身に衝撃が走ったが、なんとか落下は防げた。

「あのギルド内にいたってことは、大方君は元冒険者ってところかな？　それなら……この場できっちり潰しておかなきゃ。後で邪魔されてもウザいからね」

　ここまで言われて、おおよそ彼の正体が掴めてきた。

　ギルドを襲い、手早く冒険者を皆殺しにしようとしたその手腕……それは、すなわち。

「まさか、闇ギルドの……！」

「ああ、僕はグシオル。【双頭のオロチ】、穿光《せんこう》のグシオルだ‼」

七章　穿光の残党

「遅いなぁ、木登りとか苦手かい？」

「くっ……！」

斜め下から蛇のような軌道で大穴を蹴り上がってくるグシオルに対し、こちらはブラッククロスボウのチョコで応戦する。魔力光が小さな稲光《いなびかり》のように走り、魔力で生成された矢が生まれ、チョコの意思によって自動でリロードされる。一秒にも満たないその動作の末、グシオルに狙いを定めて引き金を引く。

「食らえっ！」

すさまじい魔力を放った反動で、ドウン！　と腕が跳ねる。

放たれた矢は射線上の物体全てを消し飛ばして余りある威力……だが。

「へぇ、中々」

グシオルは矢が放たれる直前、ワイヤーアンカーを壁に突き立て、射線上から瞬時に退いていた。

だが、チョコの矢が炸裂して崩れた岩壁の破片が、いくらか雨のようにグシオルを叩いた。

……ダメージにはなっていない。

「へぇ、旧遺跡の硬質構成材を穿つのか。【武器職人】なだけに、自作の機構でも取り入れているのかな？」

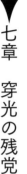

「まだまだっ！」

左手で壁に刺さったモーニングスターの柄を握りつつ、両足を岩壁に付けて体を固定。

さらに右手でクロスボウを構えてグシオルを狙う……が。

垂直な壁すら蹴って自由自在に跳ね回るグシオルの動きは、最早鍛え抜かれた人間どころか、コボルトのような俊敏《しゅんびん》な魔物にすら真似できない域にある。

「くそっ⁉　速すぎて、狙いが付けられない……！」

流石は名だたる冒険者たちを葬り去ってきた、闇ギルドの人間だ。たった一人を相手に、サフィアたちが総力を挙げて討伐しにかかる理由も分かる。

「そんなに緩い照準じゃあ、近づいてくれって言っているようなものだ」

グシオルは片手で短剣を振りながら、直下から迫りくる。重く、片手持ちでは難のあるブラッククロスボウでは、もう迎撃が間に合わない。

その時、プラムが声を上げた。

「マスター、跳んでくれ！」

「分かった……！」

プラムに言われるまま、腕を引いてモーニングスターの鉄球部分を岩壁から外し、思い切り壁を蹴る。同時に、鎖が上へと伸び、頭上の張り出した岩盤に突き刺さった。

「それっ！」

プラムの掛け声と共に、鎖が体を真上へ引き上げるように縮む。

そうして迫りくるグシオルの短剣をすんでのところで回避した。

「凄いぞプラム、助かったよ」

「うむ、より褒めよ。妾にかかれば、あの程度の立体機動など造作《ぞうさ》もない。奴の動きにも引けは取らぬよ！」

「武器と話しながら戦うのかい、つくづく風変わりな【武器職人】だ」

グシオルは口角を軽く上げ、目を細めた。

「だったら、相談でこれが防げる？」

グシオルが短剣を振った途端、短い刃から光が漏れてこちらを照らす。

——何か、仕掛けてくる！

直感すると、体が自然と壁を蹴っていた。重力に従い落ちる——直後。

「殲滅《せんめつ》しろ、ダーバディッシュ！」

俺のいた場所に小規模な立方体の結界が展開され、結界内部にあった岩壁が、閃光と共に一瞬で消滅した。見ようによっては、あの短剣状の【聖剣】から放たれた光線で空間をくり抜かれたかのような、超常的な光景だった。

「っ、そんなアホな……!?」

いくら【聖剣】とはいえにわかに信じがたい威力……だが、あのデタラメな力でギルドの床と天井をくり抜いたのは間違いない。

大穴に落ちたのは俺たちとグシオルだけだったらしいが、巻き込まれた冒険者がいなくて良かったと心底思う。俺はモーニングスターで岩壁からぶら下がり、グシオルに問いかけた。

「その【聖剣】、結界内部の物を消滅させるのか！」

「消滅？　少し違うね」

グシオルは短剣をこちらにかざし、勝ち誇ったように告げた。

「この【聖剣】ダーバディッシュは、結界内の対象を魔力の粒子に『分解』するのさ。ま、結界内部にいる奴なら消すも穿つも自由自在って寸法だね」

「分解って……。そんなの、反則」

チョコが苦々しく声を漏らした。

この世界に存在する万物は、根源を遡れば魔力の微粒子になるって説もあるが、まさかそこまで分解できるとは。

「やっぱり【聖剣】は大概、理不尽な能力ばっかりだな！」

サフィアのラプテリウスが超重力結界なら、グシオルのダーバディッシュは超殲滅結界だ。

結界で囲われたが最後、【精霊剣】の力で起点を崩さなければ塵も残さず消し飛ばされる。

……しかもグシオルは厄介なことに、彼自身のスキルすらまだ発動した素振りもない。

卓越した肉体に、圧倒的な【聖剣】の機能。

これで奴が戦闘系スキルまで保持していたら、厄介どころか正真正銘の怪物だ。こんな化け物が万全の状態で地上に出れば、今度こそミアたちのギルドが消し飛ばされる。

――サフィアとの約束もあるし、できることならもう少し粘りたいところだけど……。

冷や汗をかきながら、予想を遥かに超える強さのグシオルをどう相手にするか、必死に思考を巡らせる。けれどその間にも、グシオルは止まらない。

「いい加減、消えろッ！」

「くそっ、こんなの無茶苦茶だ……!?」

グシオルは【聖剣】ダーバディッシュを振るい、結界を乱射するようにいくつも展開してきた。

結界は、こちらの動きを読んだように次々に移動先に現れては、岩壁を消し飛ばしていく。

「すまんマスター。ここまで派手に結界を展開されては、起点も潰せない……！」

「あれだけの数、避け続けるだけじゃ……うぉぉ!?」

プラムと話をしていると、目と鼻の先に結果が展開された。壁を蹴って強引に方向転換した直後、結界が効力を発揮。間一髪のところで回避に成功する。

「ジリ貧だ……！」

俺に【聖剣】の能力を明かしたのは、さっさと殺せると確信しているからか。現に、こっちは攻めることもできずに押されっぱなしだ。

サフィアにはギルドを守ると約束したものの、あんな化け物をどう倒す。

せめて、この穴から外に出さないように留めるので精いっぱいだ。

万が一あいつが地上に出て、ギルドの建物丸ごとあの結界に包まれでもすれば……！

「……んっ、待てよ？」

違和感を覚え、思わず唸った。

そもそもあいつは、どうして最初からそれをせず、わざわざギルドの中に入ってきた？

外から建物を消滅させてしまえば、こんな面倒な戦いも不要だろう。

――それができなかった……？　もしかして、そういうことか？

頭の中でピースが繋がり、閃きが駆け抜ける。俺はすぐプラムに言った。

「プラム、下だ！　遺跡の下へ抜ける!!」

「し、下……!?　承知したぞ、マスター！」

一瞬戸惑いを見せたものの、プラムは鎖を伸ばし、俺を遺跡の下部へと導く。グシオルは少しの間、虚を突かれたように止まる。その隙を逃《のが》しはしない。

「今だ……！」

クロスボウの照準をグシオル周囲の岩壁に合わせ、引き金を引く。

チョコの魔力で自動装填されるクロスボウの連射力に物を言わせ、計五発の魔力矢を叩き込んだ。

「くぅっ、コイツ!?」

爆《は》ぜた魔力矢によって遺跡の構成材が崩れ、砂煙を盛大に上げながら大穴の岩壁が崩壊を始める。

足場を失ったグシオルは忌々《いまいま》しげに顔を歪めながら、こちらを追うように落下してきた。

「ちょこまかと鬱陶《うっとう》しい……幕引きだ！」

眉間に皺《しわ》を寄せたグシオルはこれまで以上の大きさの結界を展開し、その範囲にこちらを捕捉しようとする……が。

「チッ……！」

「やっぱりそうか！」

結界が触れる手前で膨張が止まったのを見て、自分の考えが正しかったと悟った。

「ラルド、どういうこと？」

「あいつの結界、思っていた以上に展開できる範囲が狭い。きっとサフィアの【聖剣】ラプテリウスの半分くらいの範囲でしか結界を張れないんだ」

チョコの質問に、確かな推測を返した。そう、だからこそグシオルはわざわざギルド内に入ってきた。危険な敵地に、それもサフィアたちが去ったタイミングを見計らってまで。

様子からして、【聖剣】に対応できる俺がいたのは誤算だったに違いないが。

「となれば、妾が距離を取り続けて……」

「チョコが狙えばいい？」

「そういうことだっ！」

クロスボウを構え、再度グシオルへと放つ。超魔力の矢は、射線上どころかその付近にある物すら撥《は》ね飛ばす。落下中で反応が遅れたグシオルは直撃こそ避けたが、魔力矢の衝撃波を受けて岩壁に叩きつけられた。

「よし、これなら……！」

プラムの鎖に体を支えてもらい、グシオルを見上げる。

グシオルは余裕ありげな表情から一転、頭から一筋の血を流しながら、こちらを射殺さんばかりに睨んでいた。

「たかだか【武器職人】だと思って手心を加えてやれば……。そんなに殺されたいなら本気で狩る！」

「生憎《あいにく》と、そうはいくか！」

そのまま大穴を降り、遺跡の底へと向かっていく。

上から迫るグシオルの殺気が膨れ上がるのを感じながら、再度クロスボウを真上に構えた。

牽制を続けながら降りると、やがて地面が見えてきた。

「マスター、最下部だ！」

「ここが……！」

プラムが落下速度を殺し、盛大に上がった砂煙と共に、俺たちは遺跡の石床を踏んだ。

周囲を見回すと、白い柱が立ち並んでおり、長い階段の先には祭壇らしき物が見える。まるで、神殿のようだと感じた。

こんな物がギルドの真下にあったとは、と思わず目を細めてしまう。

「ラルド、追ってきた！」

「分かってる！」

チョコの警告に合わせて上を見た直後、けたたましい音を立て、瓦礫の上にグシオルが着地した。

「機能を失った旧遺跡とはいえ、ここまで深度のある遺跡に足を踏み入れたのは初めてだよ。上のギルドはもしかしたら、この遺跡を守るために造られたのかもしれないけど……まあいいさ。どうせ今日で全て終わりだ」

「させると思うか？」

　クロスボウを構えながら、グシオルに問いかける。グシオルもまた、【聖剣】ダーバディッシュを構えながら答えた。

「君は確かにそこそこのやり手らしい。正直、ここまで粘るとも思ってなかった。けど残念、僕と君とじゃ役者が違う！」

　グシオルは結界を展開し、周囲の遺跡を中途半端に『分解』した。結果、粉々になった旧遺跡の構成材が視界を埋め尽くすほどに舞い、粉塵《ふんじん》が視界を塞いだ。

「くっ、姿が……!?」

　四方を覆われ、薄暗い地下であることも相まってグシオルの姿がかき消えてしまう。どこから飛び出すのかと構えていると、プラムが叫んだ。

「ダメだマスター！　棒立ちしていたら、結界に囲まれて終わりだ！」

「……っ！」

　プラムの助言に我に返り、急いで回避行動を取る。すると、あわや結界がこちらを巻き込もうとしているところだった。

「ははは っ！　逃げられると思うのかい？　ここは古《いにしえ》の祭壇、贄《にえ》は君だ!!」

「この……ノリノリで好き勝手言ってくれるな……!?」

　まるで司祭気取りのグシオルの攻撃から逃れるべく、ひたすらに足を動かす。俺がグシオルの位置を特定できないように、グシオルだって雑にこちらの位置を推測することしかできないはずだ。

探知系のスキルでも持っていれば話は別だが、さっきの結界が外れた様子からしてその気配はない。

「つまりこっちも攻撃するチャンスだ、チョコ!!」

「魔力を最大まで解放する……！」

クロスボウの一部に使われる【重黒曜石】が、精霊の規格外の魔力を溜め込みオレンジ色に染まっていく。その様は、限界まで熱を加えた鉄のようだ。魔力由来の火花を散らすクロスボウを後方に構え……いや、ここは粉塵ごと吹き飛ばす！

「プラム、俺を上へ！」

「了解だマスター！」

モーニングスターの鎖が真上に伸び、鉄球が岩壁に突き刺さる。鎖が縮んで上へと移動しながら、真下へクロスボウを構えた。

「頼むチョコ！」

「撃つ……！」

次の瞬間、熱と魔力で赤く染まった破壊の矢が放たれた。矢は炸裂した途端、大爆発を起こして遺跡の床を丸ごと穿ち剥がし、円形に大きく陥没させた。次いで祭壇と思しき遺跡の一角を衝撃の余波で吹き飛ばし、副次的に生まれた炎が、遺跡最下部をチリチリと照らす。

最早、隕石がこの場に落下したのではないかと錯覚するほどの一撃。

地形は激変し、静謐《せいひつ》を保っていた遺跡の外観は今や、瓦礫《がれき》と火の巣と化していた。

グシオルには直撃していないとは思うが、衝撃波だけでもそこいらの魔術よりよほど破壊力があった。

ここまですれば、流石の奴でも……！

「やられたよ。君も大概、デタラメだ」

「……っ!?」

まさかと目をやれば、崩落した瓦礫の山を押しのけ、グシオルが現れた。

体の各所から血を流し、服もボロボロになってはいるが、未だ健在。

戦闘不能には程遠いといったところだ。

「まさか、結界で爆風を相殺《そうさい》した……!?」

プラムの推察に、グシオルはニヤリと笑みを浮かべた。

「ご明察だ、モーニングスター！」

「まず……っ!!」

グシオルに再び結界を展開される前に逃げようとしたが、いかんせん宙ぶらりんの状態では初動が遅い。

その隙を見逃すグシオルではなく、展開された結界は、俺たちをすっぽりと覆った。

「させるか……！」

しかしプラムが結界中心部の起点を瞬時に魔力放出で砕き、無力化する。すんでのところで、どうにか窮地を凌いだ。

……そう思ったのと同時に、チョコが腕ごと跳ね上がり、俺の胸部を守るように動いた。

「ラルド！」

何事かと思った途端、クロスボウの側面に短剣が突き刺さった。

「チョコ、俺を庇って……!?」

「大丈夫、武器の姿だから痛くも痒くもない。でも……ごめんなさい、さっきの攻撃で魔力が空になった。しばらく、盾代わりにしかならない」

「いや、もう十分だ。ありがとう、しばらく休んで」

俺は短剣を抜いたクロスボウを【精霊剣職人】スキルで呼び出した炉に入れ、再度下へ降りてグシオルと対峙した。

「……マスター。今の短剣投擲《とうてき》、恐らくはあれが奴のスキルだろう」

「ああ、同感だ。それにサフィアの話にもぴったり繋がる」

サフィア曰く、襲撃の犠牲者には体を剣で貫かれたような穴が開いていた者が多かったと聞く。

恐らくは【聖剣】での刺突《しとつ》じゃないかと思っていたが……なるほど、違ったか。

「【聖剣】による『分解』重視の立ち回りに見せて、対人戦闘ではその能力をブラフに使い、本命は結界に注意が逸れたうちに【投擲術】スキルで鋭く叩き込む短剣。……そういうスキルの使い方だったか」

「……まさか武器の方が勝手に動いて防御するとはね。当たれば心臓を一突きだったよ」

忌々しげなグシオルの表情から、やはりそうかと察した。

【投擲術】スキルは戦闘系スキルでは別段レアではないが、今のような使い方をされると厄介だ。

あのスキルは、刃物を手首の動きで投げただけでも、人体どころか鎧をも貫くほどの殺傷力を生み出せる代物。ああして不意を突かれてしまうと、いつ短剣を投げられたかすら分からない。

大振りの超殲滅結界に、小回りの利く【投擲術】スキル。

さらに立体的かつ高速で動くグシオル本人の身体能力。

対人戦闘から大規模破壊まで行える、隙のない構成だと素直に思った。

「で？　僕のスキルが分かったからなんだい。君の得物はモーニングスター、そんな鈍重な武器で僕の高速投擲に対応できるのか？」

「……さて、やってみないことにはなんともっ！」

グシオルは右手に【聖剣】を持ち、左手で懐から短剣を数本取り出し、指に挟み込むようにして構えた。

そのまま一息で【投擲】してくる。目視不能な速度で飛んでくる短剣だが、

「ふんっ！」

けれど、こちらを狙って一直線に飛んでくるのは分かる。

勘任せに体をひねると、服の端を短剣が掠めた。

「プラム！」

「任されよ！」

全力で回避した直後に、角度をつけてモーニングスターを地面に叩きつけ、プラムの能力で地面

を爆ぜさせる。

直後、爆ぜた遺跡の床材が魔術の散弾のようにグシオルへと殺到した。

「ぐ……ッ⁉」

粉々になった床材は、さしものグシオルでも全ては避けきれず、いくらか当たって体を宙に跳ね飛ばした。

けれど、敵も然《さ》る者。吹き飛びながらもこちらに狙いを定めていたようで、

「もう、君も避けられまい？」

攻撃を受けながらの結界起動。しまったと思った時には、既に全身が結界に囲まれていた。

「こなくそ！」

結界の起点をプラムが砕くが、グシオルは止まらない。生じた隙に、新たな結界をこちらの真正面に展開する。次いで魔力を臨界まで高め、プラムに砕かれる前に結界を『暴発』させた。

「があぁっ⁉」

グシオルが仕掛けてきたのは投擲、結界、暴発という三段構えの攻めだった。

今回ばかりは回避も防御もできず、俺は十数メトリほど吹っ飛ばされ、遺跡の岩壁に叩きつけられた。

「ぐはっ……こ、こんな使い方が……」

肺から空気が絞り出され、内臓にもろに響く衝撃。

薄眼を開ければ、体中傷だらけなのが分かった。幸い骨は折れていないらしかったが、今のは効

いた。次に受けたら間違いなく戦闘不能になるレベルの一撃だった。

岩壁にめり込んだ体を強引に起こすと、グシオルが呻いた。

「チッ、やはりしぶとい……！」

とはいえ、相手も無事ではない。

あれだけの攻撃を受けたのだ。これまでのダメージは着実に蓄積され、グシオルも肩で息をしている状態だった。

当初の化け物のように思えた身体能力にも陰りが見え始めている。今こうして対峙しても、一気に勝負を決めに来ないのがその証拠だ。

だが、【精霊剣】を二本使用してもこれが精いっぱいとは恐れ入る。

冒険者の等級で言えば、グシオルは間違いなく最高位のSだ。

「……解せないな。どうしてあなたほどの手練れが闇ギルドなんかに？　真っ当な冒険者としても、十分やっていけただろうに」

彼ほどの力があれば、正規のギルドに所属してさえいれば称賛を浴びる冒険者になれていたことは明白だ。

立ち上がりながら問いかけると、グシオルは答えた。

「さて、どうしてだろうね。親兄弟も裏社会の住人だったからか、それとも正規ギルドの緩い遺跡攻略じゃ面白みがないからか。はたまた……いや、言うまい、これ以上は。寧ろ君こそ、どうして【武器職人】なんだい？」

「そりゃ、俺だって最初は冒険者に……」

なりたかった、と続けようとしたところ。

グシオルがこちらの声を遮って話した。

「おっと、スキルが【武器職人】で冒険者ギルドに認められなかったから、なんて下らない方便はなしだ。それほどの力があれば、モグリでもなんでも冒険者はできただろう？」

グシオルは大仰《おおぎょう》に両腕を広げ、饒舌《じょうぜつ》に語り出した。

「それに君の目、こんな状況でも死んじゃいない。常人なら、死を覚悟してもおかしくないだろうに。……君、もしやこの遺跡の最下層まで降りてきて、逆にワクワクしている気持ちすらあるんじゃないのかい？　こうして僕と渡り合って、人々に忘れ去られた太古の祭壇を目の当たりにしてさ」

「……それは……」

言い淀むと、グシオルが「へぇ、やっぱり？」と一歩踏み出した。

「少し、気が変わったよ。君はどちらかと言えばロマンが分かる人間に思える。即座に否定しないのがいい証拠だ。予想以上に僕らに近い……。ならいっそのこと、一緒に来ないかい？　今この瞬間が悪くないと思えるなら、僕と共に新たな闇ギルドでも作って、理想の冒険者になるのも、一考してみるべきではないかい？」

俺はすぐに返事をできなかった。

グシオルは「僕も新しい仲間は欲しいからね、どうだろうか？」と言って、こちらに手を差し伸べてきた。

……彼の言葉は、実を言えば少しだけ的を射ていたかもしれない。

言われてみればこんな状況になっても、過度な焦りや不安、恐怖もない。

それはもしかしたら、遺跡に潜ったり、強敵との激戦を繰り広げたり……図《はか》らずも昔憧れていた冒険者のようになれたからかもしれない。

子供の頃の夢が叶った、とも言える。

「……でも、違う。そうじゃない」

「うん？　何が違うと？」

これまでの日々に思いを巡らせながら、まっすぐに言った。

「俺は元々、冒険者に助けられて、それで冒険者に憧れた身だった。昔の俺はいつか冒険者になって、色んな人を助けることこそが『誰かの力になるんだ』って思っていた。……でも、今は違う。別に冒険者にならなくても、誰かの力になれるって知っているんだ」

日頃は【武器職人】として多くの新米冒険者たちの生活を支え、その結果、間接的に魔物などから多くの人々を守っている。

そして今は【精霊剣職人】として【精霊剣】を作り、ミアやサフィアのような大切な人のために力を振るっている。

……今の俺は、あくまで職人だ。

そこに迷いもなければ、今さら別の道を行きたいという思いもない。

冒険者としての生活は確かに、魅力的な面はあるかもしれない。【武器職人】では得られない栄誉もあることだろう。

けれど今あるものを放り出してまで、冒険者になりたいとも思いやしない。

この両手にはもう、昔の夢以上に大切なものが溢れているから。

「……悪いけど、だからこそ俺はあなたに付いては行けない。あなたの言う冒険者《理想》と俺の理想は別物だ。夢やロマンなら、一緒に戦ってくれる精霊たちやミアたちと追いかける」

そうはっきりと告げつつ、ガシャリと、モーニングスターを構えた。

「それと俺の友人たちを手にかけようとするあなたは、今ここで必ず倒す。そこに関しては、考える余地もない！」

「ははっ……そうかい」

俺の返事を聞いてか、グシオルの気配が変わった。

「それならもういい、君はいやに粘り強いだけの邪魔者だ。僕は君を下して、僕の居場所を潰した、ギルドの連中を一人残らず殺す。君たちにとっては違法な闇ギルドの一つだったかもしれないけど……あそこはあれで、僕にとっては居心地が良かったからね」

グシオルから研ぎ澄まされた殺気が、声と共に漏れ出していた。

そうして、俺たちは互いに武器を構えて向かい合う。

「行くぞ【武器職人】！　共に来ないのならば、消えろッ!!」

グシオルの突進、同時に【聖剣】ダーバディッシュの切っ先がこちらに向く。

こちらはモーニングスターを振り回すが、グシオルはそれを斜めに飛んで躱《かわ》した。

そのまま一直線に突き進んでくる。

手の内が割れ、結界に関しては対策可能だと思われている以上、奴が狙ってくるのは恐らく接近戦による【聖剣】の直接攻撃だ。

迂闊に広範囲の結界も張れない以上は、最小限かつ最速の動きで仕留めようとしてくるはず。

……だが！

「チョコ、もう大丈夫か？」

「休みは、十分」

【精霊剣職人】の炉を召喚し、中からクロスボウの姿をしたチョコを取り出した。魔力の塊である炉の中で休ませたチョコは、既に万全の状態だった。

「なんだ、虚空から炉と武器が……!?」

瞠目《どうもく》するグシオルへ向け、クロスボウを構える。

長々と話に付き合った甲斐があったというものだ。

「これで終わりだ、グシオル！」

「……っ!?」

目の前まで迫ったグシオルは、最早身を躱すことはできない。

これより放たれるのは超魔力の矢。この距離で炸裂すれば戦闘不能は必至。

狙いを定め、高まった魔力で稲光を纏うクロスボウの引き金に指をかけた。

「まだまだァァァァァァァ!!」

目と鼻の先で構えられたクロスボウを睨み、グシオルは吠えた。駆け抜ける勢いそのままに、【聖剣】をスキルで投擲してくる。

「んなっ……!?」

あまりに予想外の行動に、引き金を引く指が遅れる。

迷いなく【聖剣】を投擲して使い捨てるなど、誰も読めるはずがない。

甲高い金属音を立てて刺さった【聖剣】でクロスボウが跳ね上がり、狙いが狂う。

さらにグシオルは拳を向けて殴りかかってきた。小細工なしの近接格闘《インファイト》。

しかし、それにむざむざ応じてやる道理もない。

「プラム！」

「既に!!」

向かってきたグシオルの拳を、モーニングスターで迎撃。

ゴキリと骨が砕ける音、しかしこの程度でグシオルは止まらない。

もうグシオルとの距離が近すぎる。

次の一手をためらえば、グシオルの超人的な筋力でこちらの頭が潰されるだろう。

……ならば。

「ふっ!!」

痛みに動きが鈍った一瞬の隙を突き、グシオルの下に潜り込み、モーニングスターの柄を握ったまま拳を腹に叩き込む。同時に、魔力を臨界点まで高めているクロスボウを真下へ向けた。

「チョコ、地上までかっ飛ばしてくれ！」

「全開……！」

引き金を引いた瞬間、爆発音と共に体が持ち上がる感覚。

チョコが真下に放った魔力の反作用で、俺はグシオルの腹を殴った体勢のまま上へ飛んだ。

体がバラバラになりそうなほどの超加速に目を開けていられない。

やっていることは無茶苦茶だが、規格外の性能を誇る【精霊剣】の力を信じるからこそ踏み切れた手段だ。グシオルの腹に叩き込んでいる拳の力をさらに強めた。

「う、おぉぉぉぉぉぉぉ！！！」

「ぐが、が、があああぁぁぁぁぁぁぁ！！？？」

真下からの殺人的なまでの急加速で腹部に拳がめり込み、グシオルは苦悶の声を漏らした。上昇から数秒、遂に視界が開けた。

大穴から地上に出たのだ。

「らぁぁぁぁぁぁっ!!」

絶叫しながら、宙で拳を水平に振り抜く。グシオルは勢いのままに吹っ飛んで、壁を突き破って倒れ伏した。

俺も背から落ち、両手足を広げてギルドの天井を仰ぐ。

これが火事場の馬鹿力というやつなのか。身体強化もなしにやってのけた自分の芸当が信じられない。

「はぁ、はぁっ……」

「ラルド兄さん……!!」

荒い息をする俺のそばに、ミアが駆け寄ってきた。ずいぶん心配していたのだろう、その顔は不安で歪んでいた。

「良かった、戻ってきた！　でも血が……！」

「大丈夫、骨まで行ってない。……それより問題はあっちだよ」

「ぐっ、クソ……！」

壁に開いた穴の向こうで、グシオルが立ち上がるのが見えた。

今の一撃は間違いなく、勝負を決するほどのものだったはずだ。けれど、まだ立ち上がった。

桁外れの体力に、この執念。やはり化け物じみていると感じさせられる。

「逃がすか、このまま押し込む……！　……って、二人とも!?」

手元を見れば、クロスボウもモーニングスターも急速に色が褪《あ》せていた。

「すまんマスター、魔力が切れた……」

「チョコも〜……」

「……いや、二人ともお疲れさま。ここまでよくやってくれたよ」

地下での酷使がまずかったのか、チョコもプラムも声に力がない。

マロンみたくミスリル加工が間に合っていればもっと魔力を貯蔵できたのだろうが、こればかりは仕方がない。

……その時だった。ふと、異変に気付いて目を細める。

「なんだ……⁉」

グシオルが吹っ飛ばされた先は、施錠《せじょう》されているらしい部屋だった。穴の向こうのグシオルは、いつの間にか消えており、代わりに薄暗い部屋の中で鋭い閃光が散っていた。

何事だと思った矢先、ミアが叫んだ。

「あそこ、ギルドの武器庫……まさか⁉」

「武器庫……？」

嫌な予感が全身を駆ける。

踏み込もうか迷っていると、中からグシオルが現れた。

左腕は折れて動かせなくなっているようだが、その瞳には未だ強い挑戦の意思が宿っている。

そして右手には……！

「まさか、【聖剣】ログレイア⁉」

以前、俺たちが確保したものに間違いない、【聖剣】が握られていた。【聖剣】は、発見された遺跡の名を付けられ、後は適合者が現れるまで厳重に管理しておくのが習わしだ。

だが、まさかその保管場所にちょうど奴を押し込むことになってしまうとは……！

「そんな、保管されていた【聖剣】と適合したの……⁉」

「……【聖剣】はふさわしい使い手を選ぶって話だけど、グシオルの闘気に当てられたのか」

これはマズいと思った矢先、グシオルが【聖剣】から結界を展開する。その効果が理解できたのか、グシオルは高笑いした。

「なるほど、これがこの【聖剣】の結界。さしずめ、超絶界結界《ぜっかい》といったところか。結界の外の魔力を、一切通さないのが肌で分かるッ！」

「くそ、あと一押しだったのに……！」

あの結界の強度は知っている。あれは、破壊力に優れたプラムが力技で押し砕いてようやく突破できたものだ。

今の俺たちでは、手出しのしようがない。

……まさかあの結界内からまた何か仕掛けてくるのか。

流石にこっちの体力も限界が近い。焦りを感じた刹那、聞き慣れた声が耳に届いた。

「ご主人さま、助太刀に参りました！」

「……マロン!!」

駆けてきたのは、店番を任せていたマロンだった。

どうやらこの騒ぎを聞きつけ、駆けつけてくれたようだ。

俺はマロンに叫ぶ。

「頼む、最後の一押しだ！」

「承知いたしました、全てご主人さまの御心のままに！」

両手の【精霊剣】を離し、ブロンズソードへと姿を変えたマロンを握り、その力で全身を強化していく。

傷の痛みが引き、爆発的な活力が湧いてくる。

あちらが二本目の【聖剣】なら、こっちは三本目の【精霊剣】だ。

「これで最後だ、行くぞグシオル!!」

俺は足場が砕けるほどに踏み込み、グシオルへと向かって疾駆した。

＊＊＊

バカな、バカなバカなバカなバカな。

一介の【武器職人】の攻撃に、ここまで焦らされる日が来ようとは。

――僕はグシオル。【双頭のオロチ】の片頭として名を馳せていた『穿光のグシオル』だぞ！

己の力はS級の冒険者ですら相手にならない域にまで達しており、奴を相手に後手に回るなんてあり得ないはずだった。

現に、僕の動きは奴に勝っていたし、奴の不可思議なほどの威力を持った武器をも、【聖剣】で圧倒していたはずだった。

さらにスキルも加えれば、一撃でも当たれば即死の攻撃を、いくつも繰り出していたはずだったのだ。

それこそ、素手でも打ち倒せる相手だったはず。

なのに……何故。

「らぁぁぁぁぁ！！！」

どうして、僕は苦し紛れに握った【聖剣】の結界に閉じこもった上、こうも押されているのか。

「ぐぅっ……!?」

ブロンズソードに打たれ、【聖剣】の結界にヒビが入る。

あり得ない、この結界はあのダーバディッシュでさえ『分解』できるか怪しい強度なのは、使用者である僕が十分に理解している。

現代の人智を超えた奇跡の結晶たる太古の遺物、それがアーティファクトであり、その最上位に君臨するのが【聖剣】だ。

それがなんだ、今やその【聖剣】の結界は『どこにでもいそうな【武器職人】』と『どこにでもある汎用武器《ブロンズソード》』の力押しで打ち砕かれようとしている。

「は、はは……っ」

もう乾いた笑いしか出てこない。

悪い冗談としか思えない、悪夢だ。

……けれど、真実であり事実であり現実だ。

負ける。

このままでは敗れる。

たかだか【武器職人】スキル持ちの雑魚風情に。

「……ふざ、けるな……！」

チリチリとした感覚が背に走り、燃え上がる怒りと共に闘気を膨らませる。

認めない、決して認められない。

この僕がこんなところで、あんな奴に敗北するなど……！

「僕は穿光のグシオルだ！　S級冒険者でもないお前に、正規ギルドの英雄でもないお前に！　遅れを取る道理など……あってたまるかァァァァァァ！！！」

＊＊＊

ミスリル加工したマロンの威力は、予想を遥かに超えたものだった。

一振りするごとに極大の衝撃波が発生し、斬りつけた対象を圧壊させんばかりの重みを持った斬撃が繰り出される。

これがミスリル加工を施した【精霊剣】の力、間違いなく並の【聖剣】を凌駕して余りある力を秘めていると確信できる。

その絶大な威力と強化された肉体を以《もっ》てすれば、いかにログレイアの結界でも突破可能……そのはずだった。

「なっ、結界が……!?」

ログレイアの結界に入ったヒビが、突如として修復され始めた。まるで時間が戻っていくのを見ているかのようだった。

——まさかこれもログレイアの能力か？　いや待て、遺跡ではそんな力は見せなかった。つまりこれは、

「……内蔵魔力を馬鹿みたいに食って、修復しているのか！」

無尽蔵にも等しい魔力を保持する【聖剣】の底力に冷や汗が流れ出るが、同時に手元から力強い声が聞こえた。

「ではご主人さま、速攻でたたみ掛けましょう！」

「……っ、ああ！　あの修復と防御を凌駕して、今度こそ終わらせる！」

「お任せあれ！」

自信に満ちたマロンの返答。

それを受けて、めった切りにしていたのをやめ、剣を突き入れる体勢を取った。結界の中で、グシオルが焦った顔を見せる。

するとマロンが静かに、それでいて確かな声音で言った。

「この一撃は、私の怒り。ご主人さまを傷つけたあなたに対する、私の怒りです!!」

ブロンズソードの剣身、そしてミスリルが、それぞれ金色の輝きを帯びていく。

【聖剣】にも劣らない、もしくはそれ以上の大魔力と閃光の解放に、グシオルが怯む。

「なんだ、その光……ダーバディッシュでさえこんな魔力は!?　お前は一体……何者なんだ……!?」

掠れた声のグシオルに、俺は力強く返した。ああ、何者かと問われれば。

「……俺はしがない【精霊剣職人】のラルド。冒険者でも英雄でもない、ただの……武器屋の店主だ！　マロン！」

「はいっ！」

「「はぁぁぁぁぁぁぁぁっ！！！」」

マロンとタイミングを合わせ、金色に輝く刃を結界に突き入れる。するとログレイアの結界は、一瞬で砕け散った。

そのまま全力で振り抜いた剣身は、抵抗を許さずグシオルの手から【聖剣】を弾き飛ばす。甲高《かんだか》い金属音と共にログレイアが床に落ちるのを確認もせず、グシオルは【投擲術】スキルで短剣を投げようとするが、

「させないからっ！」

後ろから駆けてきたミアが、グシオルに飛びついて腕を捕まえた。すると、ミアの【抗魔力】スキルが効果を発揮したらしく、グシオルの【投擲術】スキルは不発に終わった。力を失ったグシオルは瞠目したまま、それでも動こうとするが、遅い。

俺は駆け寄った勢いのままに、ブロンズソードの魔力を解き放って衝撃波を生み出し、今度こそグシオルをギルドの外へと叩き出すべく一撃を繰り出す。

「ラアアアァァアアアアァッ!!」

「馬鹿な……この僕が!!　職人ごときにぃっ!!」

ミアが避けたのと同時に、マロンの魔力放出がグシオルに叩き込まれる。

「ぐ、がぁぁぁぁぁぁぁ!?」

もろに受けたことで、グシオルの体は武器庫の壁を突き破って外へ放り出され、街の石畳の上を盛大に転がり、そのまま仰臥《ぎょうが》し動かなくなった。

今度こそ完全に気を失ったのは、遠目からでも見て取れた。

「ラ、ラルド兄さん……!」

「……ああ。俺たちの、勝ちだ……!」

駆け寄ってきたミアに片手を上げて応じると、ギルドの中に残っていた冒険者たちから「うおおおおおおおおおお!!」と歓声が上がった。

こうして、今回の騒動はひとまずの決着となった。

＊＊＊

激戦の末、グシオルを倒してからしばらくは、本当に色々なことがあって、色々な話を聞いた。

サフィアたちはあの戦いの間、グシオルと協力関係にあった別の闇ギルドによって妨害を受けていたとか。

敵もまた手練れが揃っていたらしく、俺たちが地下で繰り広げた激闘にも劣らない戦いの末、街の一角は更地と化してしまったらしい。

サフィアも自身の能力を存分に解放して戦ったのだろう、と想像できた。

驚くことに、俺やグシオルが戦っていた旧遺跡と思しき場所は、ギルドの記録にもない未踏域だったようだ。どうも穴を塞いだのは設立よりも昔の出来事だったらしく、大至急、探索が行われたようだった。

それからグシオルに適合していた【聖剣】ダーバディッシュやログレイアは、【風精の翼】で厳重に再封印されることになった。あんなアクシデントがなければ、しばらくは解放されることもないだろう。

ちなみに俺の方は、グシオルを捕縛した後、傷だらけだったのもあり即座に診療所送りにされ、そのまま入院するハメになった。

それでも毎日お見舞いに来てくれたミアやサフィアから、ギルドの方は後始末やら何やらで日々忙しいと話を聞けたので、状況の把握ができたのだった。

……そうして、精霊たちに付きっきりで看病してもらいつつ、二週間ほどしてから。

俺の傷も癒えてあれこれ片付き、ようやく店に戻れた日。

ドアを開けた俺は、

「……え。え、えっ……なんだこれ!?」

開口一番、変な声を出してしまった。

店のカウンターの上には、依頼書と思われる紙が山積みにされていた。

一足先に店に戻っていたチョコとシルリアが山が崩れないよう必死に支えている。尋常じゃない枚数だ。

「ちょっ、マロン!?　これは一体……」

恐る恐る尋ねると、マロンは輝くような笑顔で答えた。

「はい、全てご主人さま宛てのご依頼です！　流石はご主人さま、休業中は依頼書のみ承ると言っておられましたが、全てはこうなることを見越してのお話だったのですね！」

「いやいや！　俺は単に、復帰直後も仕事の予定がちょっとは欲しいなって思ったと言うか……いやでもなんでこんなに!?」

百や二百どころではない数の依頼書の山に仰天していると、視界の端で優雅に茶を啜っていたプラムが言った。

「仕方がないぞ、マスター。何せマスターの活躍は、吟遊詩人たちによって既に各地に広められているそうだからな。そうなれば依頼も増えるのが道理。一躍時の人というわけだな」

「チョコも凄いと思う～！」

「いやいや、だからってこうなるもんか……？」

しがない個人経営の武器屋に、大量の依頼書の山。仕事があるのは幸せだが、これではチョコやプラムにミスリル加工を施し終えるのはいつになるやら。

「……とかなんとか思っていても仕方がないし、とっとと目だけでも通すか」

「ええ、それが良いかと。わたしたちもお手伝いします！」

マロンが依頼書をまとめ出したのを皮切りに、俺たちは作業を始めた。

いつものように、賑やかに。

――やっぱり【武器職人】としての穏やかな生活が、肌に合っているかな。

冒険や激闘は胸躍るけれども……しばらくの間はまっぴらだ。

俺はこのスローライフとも言えるのんびりとした生活が、やっぱり好きなのだ。

――これからもこんな調子で、皆と賑やかに、穏やかに過ごせたらそれでいい。

そんなことを思いながら、作業の手を進めていった。

＊＊＊

そうしてラルドが、普段通りの生活を営み始めた頃。

世間では、街を渡る冒険者や吟遊詩人の口伝《くちづ》てに、とある噂話が広まっていた。

それは「しがない【武器職人】が精霊と共に、闇ギルドの精鋭を死闘の末に討ち果たした」という、世にも珍しいものだった。

人々は物珍しさから、その噂話を家で、酒場で、店で、果ては旅先で伝えていった。

そうして広く語り伝えられていくその噂話は、次第にある種の物語のような色を帯びていく。

物語は広まっていく最中で、共通の呼び名《タイトル》が自然と付けられていくものだ。

そんな尾ひれはひれが付きながらも各地に広まったラルドの物語は、いつしか人々にこう呼ばれるようになっていった。

──【武器職人と精霊剣の無双譚《むそうたん》】と。

エピローグ

グシオル討伐から、大体一ヶ月と少し経った頃だろうか。

連日店に引きこもり、山のような依頼を捌き終えてようやくひと段落ついた、そんなある日。

俺は温泉街ガイアナからふらりとやってきた冒険者の友人、ジグルと共に酒場に来ていた……のだが。

「おいラルド。お前、可愛い精霊ちゃん三人やハーフの精霊ちゃんと同居してるって話だけどよォ。ミアちゃんって子ともじきに一緒になるって、本当か？」

「……ぶはっ⁉」

藪《やぶ》から棒に言われたそんな話で、危うくエールを吹き出しそうになった。

その上おかしな呼吸でむせ、危うく大惨事になる寸前だった。

「うっ、ごほっ……⁉　ちょっ、待て待て。その手の話はジグルにしたことなかった筈《はず》だぞ。誰から聞いたんだよ？」

「誰あろうミアちゃんに決まっているだろ」

「ミ、ミアから……？」

どういうことだと、首をひねった。

というのも、ミアはこの街の【風精の翼】所属だし、ジグルはガイアナの【妖狐の灯】所属だ。

そこそこ離れた街に所在するわけだし、そんな突っ込んだ話をする機会があるものか。

「あー、いつどこでそんな話をしたかって、不思議そうな顔してるな?」

「ああ、まあな」

「あのグシオルとかいう奴の事件が片付いた後だよ。【風精の翼】とウチのギルドで、事件解決の宴《うたげ》みたいなもんがあったんだ。そこで聞いたのさ」

「へ、へぇ……」

聞きながら、エールを流し込む。

冒険者というのが、何かひと段落ついたら酒を飲みたがる生き物だというのは、冒険者を相手にする職業柄よく知っている。だからこそ、確かに両ギルド入り乱れての酒盛りも何かきっかけがあれば起こるのだろうとなんとなく思った。

——にしても、そんなところでなんて話をしているんだ……。

ごまかすようにエールを啜っていると、ジグルはいやらしい顔で尋ねてきた。

「で、お前は一緒になるつもりはあるんだろうな? ミアちゃん酔った勢いで、周りの冒険者たちにめちゃくちゃ言いふらしてたが」

「……どんなふうに?」

「『あたし、約束通りにラルド兄さんと一緒になるんだー』とか『多分もう一押しだし、がんばろー!』……とかなんとか。回ってない舌で、幸せそうにニコニコして言い回ってたぜ? ひゃー、正直妬《や》けるよ」

「……」

その場で頭を抱えたくなった。羞恥から顔が熱い。

ミアはあまり悪酔いしない方だと思っていたんだが、一体全体、その時は何があってそんなに酔っ払ってしまったんだろうか……。

俺の反応を見てか、ジグルがシシシ、と笑っていた。

「そう、うなだれんなよ」

「大体、なんで冒険者の宴で、俺の話なんか出てくるんだよ」

「仕方ないと思うぜ？　何せ自分を含めたギルドメンバーを命がけで救ったのが他ならぬお前で、あの時は『【武器職人】なのによくやるなぁ』ってお前の話題で持ちきりだったし。大好きなお前が褒めちぎられていたのも、さぞや嬉しかったんだろうよ」

「それで話と一緒に酒も進みまくったと……？」

ついでに口も軽くなったと。

当然、ミアも常日頃からそんなことを口走っているわけではないだろうが、酒の勢いでそんなふうになってしまうとは。

これからは、ミアと飲む時は十分に気をつけておこう……一応。

「……また話が逸れたけどよ。そんでお前、どうなの。俺としてはお前がどう思っているのか、めっちゃ気になるんだが。俺とお前の仲だろ？　な、な？」

ジグルがじーっとこちらに視線を送ってくる。

妙な言いにくさを感じつつも、素直に白状した。

「……正直、ミアはいい子だと思う。明るいし可愛いし、俺みたいな奴をよく好いてくれているなとも思う。ついでに、このままだと本当にミアの言う通りになりそうな雰囲気もある」

よく考えればあの事件以降、ミアは休日は、ずっと俺の店や家にいたりする。

しかも家事をしたり料理なんかも振る舞ってくれて、これがまた美味い。

ぶっちゃけ、いわゆる通い妻状態だとも思わなくもない。

そんなことを打ち明けた後、横目でジグルの反応を窺うと、酔いが回って顔を赤くしたジグルが机に突っ伏していた。

「……はあぁー！　お前、女運に関しては最近最強すぎねぇ？　その運、ちょっとくらいこっちに寄越《よこ》せよぉ……」

声の感じから、さめざめと泣いているように見えなくもない。

……どうやらジグルは、少し前に彼女と別れて以来、どうもそのまま独り身でいるらしいと察した。

「……って、いや待てよお前!?　精霊ちゃんたちについて、ミアちゃんはなんとも言ってないのか？　不平不満は言われてないのか!?」

ガバッと体を起こしたジグルは、詰め寄るように言ってきた。

思わぬ攻勢に出られたが、俺は反ってジグルを躱しながら、言った。

「それについては大丈夫って言われているよ。精霊たちの本質は、あくまで俺の武器だし。シルリ

ア の方もミアには話してあって、住み込みのバイトさんみたいなもんだからってさ。その辺は全部理解を得てあって……近い近い近い⁉　距離が近い、なんなんだ」

「近い？　いや、お前の話を一言一句逃すまいとしてるだけだ。別にこのまま頭突きしようとか思ってないから、安心しろよ」

「本音！　本音が口からまろび出てるぞ⁉」

ジグルは嫉妬からか血走った目をしていて、しかも顔が近いから普通に怖い。前々から女の子の話になると、ジグルは妙な反応をするとは思っていたが、ここまで露骨に恐ろしいのは初めてのことかもしれない。

しかし今思えば、こういうところがあるからこいつはモテないのではないだろうか。

他はそこそこ良いと思うのに。

……俺もモテるわけじゃないから、人のことは言えないが。

「とにかくにも……こうなればあれだな、うん」

「……うん？」

聞き返すと、ジグルは立ち上がって「むんっ！」と飛びかかってきた。

「粛清だよ！！！　お前、やーっぱ俺の敵だぜこの色男！！！」

「お、落ち着け⁉　俺が色男なわけないだろ……うわわわわ⁉」

ジグルも本気ではないんだろうが、掴みかかられると普通に苦しい。酒と嫉妬は人をここまで変貌させるのかとしみじみ思った。

俺はこの後、明け方までジグルの馬鹿騒ぎに付き合わされることとなった。

朝方、ふらつきながら店に戻ると、マロンが出迎えてくれた。

まだ早い時間帯なのに、起きて待っていてくれたのか。

ともかく、帰ってきた安心感もあって、俺は思わず呟いた。

「……酷い目に遭った……」

「あらあら、ジグルさんとは相当盛り上がったようですね」

差し出された水を思い切り呷った後、カウンターに突っ伏した。

「盛り上がったどころじゃないって……。結局、仕事上がりの冒険者みたいに飲まされまくって、うぅ、二日酔いだよ……」

酒は美味かった。

しかし頭が重い、しこたま重たい。

今日が休業日で良かった、これはもう仕事どころじゃない。

「ご主人さま、今日はしっかりと休んでくださいね？　そもそも常日頃から、頑張りすぎなんですから」

「分かったよ。ありがとうマロン……」

俺はこの後、千鳥足で風呂場に向かった。するとマロンたちが朝帰りを見越してか、魔石で湯を沸かしてくれていた。

気遣いに感謝しながら、ひとまず湯で汗や埃を流した。

「ともかく一旦寝よう、考えるのはそれからだ……」

風呂上がりに自室へ向かい、そのままベッドに倒れて気絶するように眠った。

……それから、どれくらい経ったのだろうか。

窓から射す夕日の中、目が覚めた。

どうやらがっつり一日中眠ってしまっていたらしい。体中に倦怠感《けんたいかん》が残っている。

朝昼と食事を抜いていたからか、腹も空いていた。

何か食べようかと起き上がった時、ふとベッドの横に誰か座っていることに気付いた。顔を向けると、微笑んでいるミアと目が合った。

「おはよ、ラルド兄さん。結構幸せそうな寝顔だったよ？」

「ああ、ミア。おはよう」

……と、普段通りに話したところでなんだかそわそわした。

ジグルがあんな話題で一晩中騒いだからだろう。妙に意識してしまいそうになる。

少し目を逸らすと、ミアが首を傾げた。

「どうしたの？　何かあったの？」

ミアが寄ってきて顔を近づけた。

普段なら苦笑して流すところでも、なんだか今日はそうもいかなかった。

「あ、いや別に。……昨日ジグルと会って。それで色々話をして……」

「ああ、ジグルさんと。……って、もしかして」

ミアは赤面して「あー、えーっとその……」ともじもじし始めた。思い当たる節があるのだろう。

……仕草が可愛い。

「その、あたしの話してた？」

「……がっつりミアの話で、根掘り葉掘り聞かれた。それにミアもこの前酔いまくって、色んな冒険者に話をしてたとも聞いたよ」

この辺りを話しただけで、俺とジグルのやりとりを想像できたのか。

ミアはさらに顔を赤くして、ぴゅんと素早く体を反転させた。

「え、あ、その……ね？　あの時のあたし、ちょっとはしゃぎたい気分だったから、つい。人に言いふらす話でもなかったんだけど、あの時はラルド兄さんの話で持ちきりだったから。ちょっと自慢したくなったと言うか、なんと言うか……」

普段は元気なミアが、今回ばかりはしおらしくなっていた。

ついでにチラチラこっちを窺ってくる。

……やっぱり仕草が可愛い。

「……怒ってる？」

「怒ってないさ、怒るような話でもないし。……とはいえさ、そろそろ諸々決めるべきか、とか思って」

「諸々？」

ミアに訊かれて、どう言ったらいいか、と少し悩んだ。

正面切って言うのは、少し恥ずかしいという感覚があったからだ。

「……一緒になるのは店が軌道に乗ってからって考えてたけど、最近はもう十分、軌道に乗ったと言えるんじゃないかと思う。依頼は増えていく一方だし、作る武器の評判もいい。ついでに今はアーティファクトの修理とかもできるから、仕事にはこの先も困らないとも思う」

「ラルド兄さん、それって……？」

顔を赤くしたままのミアが、俺の声を聞き漏らすまいとしているのか、そっと寄ってきた。

俺は意を決して、口を開いた。

「だからミア、その……！」

——ドーン！

「「！！？？」」

突然、部屋のドアが開くのではなく倒れて、ミアと共に跳び上がるほど驚いてしまった。

見れば、ドアを押し倒したのはマロンやシルリアたち、四人だった。

それから、目を合わせて固まることしばらく。

普段通り眠たげな瞳のチョコが、マロンを指して言った。

「言い出しっぺ」

「ちょっ、チョコ⁉　賛同してくれたじゃありませんか！」

「あー、妾も止めたのだぞ？　マスターとミアの会話を、ドア越しに盗み聞くのは野暮ではないかとなー」

「……実はわたしも、まずいよなーこれとは思っていたんですよねー……」

チョコに次いで、プラムとシルリアまで棒読みで言った。

……気持ちは分かるので、チョコたちを責めようとは思わないが。

しかし……。

「なるほど、言い出しっぺはマロンか」

からかうように言うと、マロンは「ひえぇぇ!?」と慌て出した。

「ご、ご主人さま!? ごめんなさいほんの出来心だったんですー!」

その様子が面白くて、ミアと一緒に少しだけ少し笑ってしまった。

「まあ、いいさ。……それでさ、ミア」

「なぁに?」

先ほどまでの赤面がなくなり、普段通り明るい雰囲気のミアに、言った。

「やっぱり、起き抜けに勢いでする話でもなかったかもしれない。だから……またそのうち、改めてちゃんとするよ」

「……! うん!」

お互いの気持ちももう伝わっているので、改めて口にする必要もないのだろうけど。

それでもまた機会を見て、お互いの気持ちを伝え合うのもいいだろう。

そうしてこの後、俺たちはまた普段通り、何も変わらない賑やかな日常に戻っていった。

けれど強いて言うなら……この後から我が家にミアの私物が少しずつ、それでも確かに増え出した。

そしてその様子は、近々待っていそうな明るい未来を想像させるのだった。

あとがき

読者の皆さま、本作をお買い上げいただきありがとうございます！

初見の方は初めまして、もしくは読者さまによってはお久しぶりとなりますでしょうか。

八茶橋らっくと申します。


本作で執筆した小説としては五冊目になります。

ええ、つまり四捨五入すると十冊になる数字まで小説を書き続けられたわけです！


……と、冗談はさておき。

本作はＷＥＢで連載していた作品を全編にわたって改稿を加え、タイトルを書籍版用に改題したものとなっております。

【武器職人のスローライフ】がメインタイトルとなりましたが、本作の良さをシンプルに凝縮したものになっているかと思います。

武器職人の主人公・ラルドが精霊たちとのんびり暮らしつつ、時たま起こる事件や依頼を解決していく……そんなお話が本作なのです（あとがきから読まれている方は、今すぐ本編へ！）。

なお、途中でラルド一行が無双するシーンもあったりなかったりしますが、それもまた物語にアクセントを加え、ラルドと精霊たちの持ち味が光る場面だったのではと感じている次第です。

……さて、これ以上本編の内容を書くとネタバレになりかねないので、この辺りであとがきらしく少しだけ私自身のお話をさせていただければと。

本作を書いていた最初の頃、実は少々切羽詰まった状況に置かれていました。

世間の様子が大きく変わった時期であり、その煽りを強く受けていた状態でもありました。

しかしそのような非常時であっても、本作を楽しく夢中になって書けたことは、私にとって大きな支えのひとつでもあり、喜びでもありました。

このようにして生まれた本作が、どうか少しでも読者の皆さまにとっての支えや喜びに繋がるようにと願っております。


最後に、謝辞を申し上げます。

本作の編集者として共に作品を作り上げてくださったIさま。

本作にイラストを添えてくださった竹花ノートさま。

この本の出版に携わってくださった皆さま。

そして読者の皆さま、本当にありがとうございます。


またどこかでお会いできますと幸いに存じます。

BKブックス

武器職人のスローライフ

ウチの看板娘は、武器に宿った最強精霊です。

2020年10月20日　初版第一刷発行

著　者　八《や》茶《さ》橋《はし》らっく

イラストレーター　竹花《たけはな》ノート

発行人　大島雄司

発行所　株式会社ぶんか社
〒102-8405　東京都千代田区一番町29-6
TEL 03-3222-5125（編集部）
TEL 03-3222-5115（出版営業部）
www.bunkasha.co.jp

装　丁　AFTERGLOW

編　集　株式会社 パルプライド

印刷所　大日本印刷株式会社

定価はカバーに表示してあります。乱丁・落丁の場合は小社でお取り替えいたします。

本書の無断転載・複写・上演・放送を禁じます。

また、本書のコピー、スキャン、デジタル化等の無断複製は著作権法上の例外を除き禁じられています。

本書を代行業者等の第三者に依頼してスキャンやデジタル化することは、たとえ個人や家庭内での利用であっても、
著作権法上認められておりません。本書の掲載作品はすべてフィクションです。実在の人物・事件・団体等には一切関係ありません。

ISBN978-4-8211-4569-0
©Rakku Yasahashi 2020
Printed in Japan